哈佛剑桥学生 都在做的
1001个 脑筋急转弯

这是一场幽默的历练 这是一次智慧的拼搏 这是一段思维的提升……

张巧凤 ● 编著

天津科学技术出版社

图书在版编目（CIP）数据

哈佛剑桥学生都在做的 1001 个脑筋急转弯／张巧凤

编著. —天津：天津科学技术出版社，2010.9

ISBN 978 - 7 - 5308 - 6017 - 5

Ⅰ.①哈…　Ⅱ.①张…　Ⅲ.①智力游戏　Ⅳ.①G898.2

中国版本图书馆 CIP 数据核字（2010）第 170754 号

———————————————————

责任编辑：刘丽燕　徐兰英

责任印制：白彦生

———————————————————

天津科学技术出版社出版

出版人：蔡　颢

天津市西康路 35 号　邮编 300051

电话（022）23332398（事业部）　23332697（发行）

网址：www. tjkjcbs. com. cn

新华书店经销

北京中印联印务有限公司印刷

———————————————————

开本 560×1015　1/10　印张 42　字数 160 000

2010 年 9 月第 1 版第 1 次印刷

定价：32.80 元

前 言

考试、升学，各种各样的学习……

快乐就这样被悄无声息地掠走了。但失去的只有快乐吗？思维麻木、停滞不前，我们开始失去思考创新能力、探究创造的能力和思维发散能力……面对这种情况，我们应该做些什么呢？我们应该怎样挖掘自己的思维能力，让自己快乐地成长呢？脑筋急转弯就是一个很好的选择。

脑筋急转弯，顾名思义就是放弃惯常的思维方式，以全新的方式来思考解答问题。思路决定出路，脑筋急转弯就是一种新型的头脑体操运动，它通过考验你对一些问题的回答能否打破原有的思维定式，发挥超常思维，来锻炼你的大脑，集娱乐、启智为一体。社会上公认，脑筋急转弯至少能带来三点好处：开发智力、激活脑细胞、让脑筋得到锻炼以及提高想象力，而这些对于青少年思维能力的提升及个人成长都是极为重要的。

本书是特地为青少年朋友编写的，全书文字简洁易懂，内容雅致风趣、幽默诙谐，让人在紧张的挑战中获得快乐与智慧。除了1001条脑筋急转弯外，我们还添加了"小试牛刀""名人讲堂""学贯古今"等版块，希望能全方位地提高青少年朋友的思维扩张能力、创造力、应变能力以及幽默感等。

阅读这本书，有的时候就像是从一首和缓的抒情歌曲突然转换到了激情四溢的摇滚乐；有的时候就像是在玩过山车，紧张刺激过后会有无尽的快乐。书中的内容，让我们先一睹为快吧。

有一块天然的大理石，在9月7日这天把它扔到钱塘江里，会有什么现象发生呢？

是不是有些困惑呢？物理变化还是化学反应？No，no，no。不要想得太复杂了，换一个角度吧，换一种思维吧，也许会"柳暗花明又一村"哦。

为什么金鱼看上去老是傻乎乎的？

这个题目是不是有点难呢？是不是对自己有点小灰心呢？别着急，当你翻开书，一页一页开始你的探索之旅时，你会发现这原来是个小幽默，让你的脸上充满笑容。当你紧跟我们的脚步，一步步攀登思维的高山，并在不经意间发现自己的思维能力在不断提升时，我们编这本书的初衷也就达到了。

还犹豫什么，赶紧翻开下一页，开始挑战吧！

目 录

第 1 章

挑战无极限

001 脑筋急转弯

有一个老太太上了公交汽车，为什么没有人让座？

自由泳比赛中，为什么青蛙输给了狗？

足球比赛中场休息时，爸爸问儿子："放在右脚旁边，而左脚碰不到的是什么东西？"儿子灵机一动，答对了。

你知道吗？所有的人在每一天都同时做一件什么事情？

什么酒不能喝？

火 眼 金 睛

观察下面的图形，看看空白处应放哪个图（　　　）

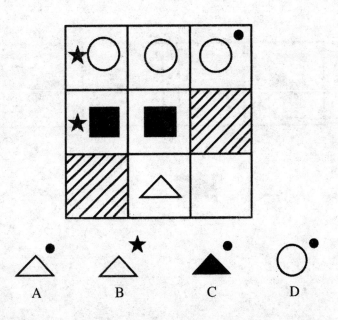

车上还有空座。

青蛙只会蛙泳不会自由泳。

左脚。

呼吸。

碘酒。

A。

OO2 脑筋急转弯

报纸上登的消息未必都是真的，但什么消息一般假不了？

小明看到自家门口的那棵大杨树上有很多小鸟，他想把它们全部抓住，又不想伤害它们，你说他该怎么办呢？

什么东西有五个头，但是人们都不觉得它奇怪？

什么海不产鱼？

火眼金睛

下列选项中哪幅图适合放在问号处（　　　）

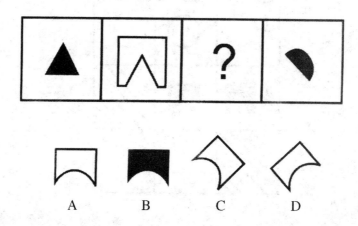

答案

报纸上的日期。

用相机把它们拍下来。

手有五个手指头。

辞海。

C。

003　脑筋急转弯

什么会出席的人最少？

课堂上老师问大力："人类从四肢爬行进化到双腿走路，最大的优点是什么？"猜猜大力是怎样回答的？

什么东西不是东西？

兔子和乌龟比赛什么，兔子肯定能赢乌龟？

火眼金睛

空白处应放选项中的哪个图形（　　　）

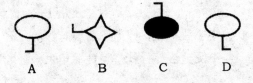

A　　　　B　　　　C　　　　D

约会。

省了一双鞋子。

东西方向。

仰卧起坐，乌龟坐不起来。

A。

004 脑筋急转弯

什么东西像大象一样大，但是毫无重量？

小枫是一个普通人，可她为什么能连续 10 个小时不眨眼呢？

萍萍初一 13 岁，为什么到初三还是 13 岁？

电和闪电最大的区别是什么？

名人讲堂

有一天，阿凡提来到一个村庄。一个地主对他说："大家都说你很聪明，我有一块地（如下图所示），如果你能把它分成大小相等、形状相同的两份，我就把地送给你。"聪明的阿凡提不慌不忙，用木棍画了一道线，地主一看就傻了眼，只好履行诺言。随后阿凡提把地分给了最穷的两户人家。你知道阿凡提是怎么分地的吗？

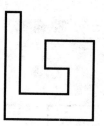

答案

大象的影子。

小枫在睡觉。

大年初一到初三，当然还是 13 岁。

电需要花钱，闪电不需要花钱。

下图虚线部分就是阿凡提用木棍画的。

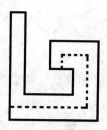

脑筋急转弯

一个酒鬼看到一本书上写着喝酒对身体有害，于是他做出了一个决定。你知道醉鬼的这个决定是什么吗？

池是用来装水的，可是有一种池里没有水，那是什么池？

什么东西上山下山，但永远不动？

一个人到国外去，为什么他的身边都是中国人？

小试牛刀

考古人员在希腊进行发掘工作，使一批古代遗迹重见天日。他们在那里发现了很多纪念碑，碑文间反复出现下面这个由圆和三角形组成的图。

这个图可以一笔画出，任何线条都不重复。你知道怎么画吗？

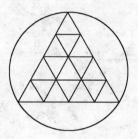

答案

酒鬼决定不再看书了。

电池。

山区的公路。

外国人来到了中国。

如下图所示，按照箭头的方向就可以画出。

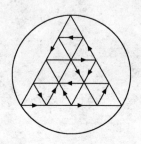

006 脑筋急转弯

什么帽不能戴?

有一个人, 他是你父母生的, 却不是你的兄弟姐妹, 他是谁呢?

什么人每天靠运气赚钱?

某百货公司遭小偷, 警察立刻封锁了所有出口, 为什么小偷仍逃了出去?

火眼金睛

在下面几个蝴蝶结中, 请找出一个与众不同的。

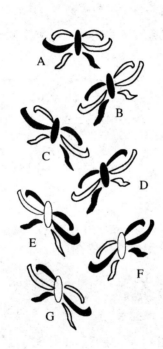

答案

螺丝帽。

你自己。

煤气运送工。

小偷从入口逃走了。

D。因为其他各图都有黑白颜色相对应的图形: A 和 E, B 和 F, C 和 G。

007 脑筋急转弯

什么虎不吃人？

每对夫妻在生活中都有一个绝对的共同点，那是什么？

老陈是一位出色的小说家，为什么有一次他连续写了一个月，却连一篇小说的题目都没写出来？

独居者去商店买东西时，最重要的是带什么？

火 眼 金 睛

下图随便地摆放着七只袜子，请你仔细观察一下，判断放在最下面的是几号袜子？你能很快找出它吗？

答案

壁虎。

同一天结婚。

他这回写的是散文。

带钥匙。

1号袜子。

oo8 脑筋急转弯

大政是一个心地善良的警察，有一次他竟然抢别人的东西，怎么回事？

什么人常写白字？

什么饼不能吃？

稀饭贵还是烧饼贵？

小试牛刀

下图是英文单词FOOT。你能移动1根火柴，使它成变另外一个英文单词吗？

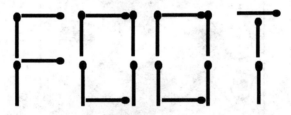

答案

抢了歹徒的枪。

老师。老师常用白粉笔写字。

铁饼。

当然是稀饭了，物以稀为贵。

如下图所示。

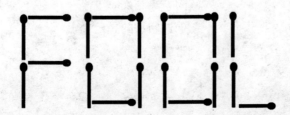

009 脑筋急转弯

小花站起来同饭桌一样高，两年之后，仍能在桌子底下活动自如，这是为什么？

在一个月黑风高的晚上，有一位双目失明的按摩师独自走在路上，奇怪的是他的眼睛看不见，手里却还提着一个灯笼，这是为什么？

你知道现代的科学家一般都出生在哪里吗？

你用左手写字还是用右手写字？

小 试 牛 刀

你能只移动两根火柴，使下面图形变成八个正方形吗？

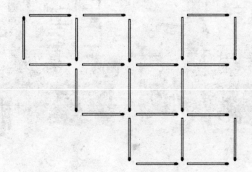

答案

小花是条狗。

他希望别人不要撞到他。

出生在医院。

用笔写字。

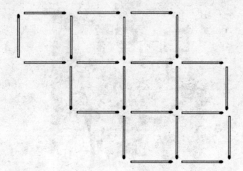

010 脑筋急转弯

理发师最不喜欢的是什么人？

贝多芬给了我们什么样的启示？

沙漠中最常见的是什么？

最方便制造的废品是什么？

火眼金睛

仔细观察 A 图，然后盖上 A 图，找出 B 图中 15 处与 A 图不同的地方。

A   B

答案

秃头的人。

多"背"分就会多。

沙子。

废话。

不同之处已用"O"标出，如下图所示。

B

○11　脑筋急转弯

某富翁的左右邻居都养狗，一到晚上，这两条狗就叫个不停。无法忍受这种折磨的富翁便出搬家费一百万元，希望左右邻居搬走。的确，两个邻居是连狗一起搬家了，但是一到夜晚，富翁还是能听到完全相同的狗叫声。这是为什么？

王子吻了睡美人，为什么睡美人没有醒来？

把火熄灭最快的方法是什么？

名人讲堂

"音乐神童"莫扎特是海顿的学生。有一次，莫扎特和老师打赌，说他所写的一首曲子老师肯定弹不了。

海顿认为学生肯定难不住自己，于是就爽快地答应了。莫扎特用了不到 5 分钟，就把乐谱写完了，并且恭恭敬敬地送到老师面前。

"这怎么弹呀？"海顿弹奏了一会儿后大喊起来，"我的两只手分别弹向钢琴键盘的两端时，怎么会有一个音符突然出现在键盘当中呢？"

海顿认为这是任何人也弹不了的曲子，那莫扎特是如何弹的呢？

答案

左边的邻居搬到了右边邻居家，右边的邻居搬到了左边邻居家。

睡美人赖床了。

火字上面盖个一字。

莫扎特真是个了不起的音乐小神童，只见他微笑着坐在钢琴前，轻快地弹奏起来，当弹到老师说弹不了的那个音符时，他突然低下头，用鼻子弹出了那个音符，这一招儿令海顿目瞪口呆。

012 脑筋急转弯

我国的羊毛主要出产在什么地方？

为什么王医生见死不救？

什么人心眼多？

名人讲堂

东汉末年，天下大乱，群雄纷争。

这一年的夏天，曹操率领十万大军攻打宛城张秀，途中要经过一个大荒原。

当时的天气非常炎热，火辣辣的太阳炙烤着大地，将士们热得口干舌燥，每个人心里都期望能有一口水解渴，可是眼前除了一片荒芜的土地和飞扬的灰尘外，什么也看不见。

战士们情绪极为低落，曹操为此也十分焦急，他最终还是想出了办法，带领将士们走出了困境。你知道是什么方法吗？

答案

羊身上。

死了当然就不用再救了。

孕妇。

曹操打起精神对将士们高呼道："我知道前面有一大片梅林，树上结满了酸甜无比的梅子，咱们只要到了那里就能好好地解渴了。"

013 脑筋急转弯

大陈去商店买东西，发现柜台里空空的，但大陈买到了他要的东西。那么，大陈买到了什么？

有一样东西是属于你的，但别人用得比较多，它是什么？

你的哪一件衣服最耐穿？

学贯古今

"不入虎穴，焉得虎子"指的是哪一位汉朝使者？

A. 张骞　　　　　　　　B. 班超

C. 班固　　　　　　　　D. 甘英

 答案

他买的就是柜台。

你的名字。

你最不喜欢穿的衣服。

B。

014 脑筋急转弯

有一块天然的黑色大理石，在9月7号这一天把它扔到钱塘江里，会有什么现象发生？

一个侍者给客人上啤酒，一只苍蝇掉进杯子里面，侍者、客人和经理看见了，请问谁最倒霉？

什么东西最怕在光天化日之下见人？

什么东西比乌鸦更讨厌？

小试牛刀

有两位盲人，他们各自买了一双黑袜和一双白袜，八只袜子的材质、大小完全相同，而且每双袜子都有一张商标纸连着。有一天，两位盲人不小心将八只袜子混在了一起。

请问：他们怎样才能区分黑袜和白袜呢？

答案

沉入江底。

苍蝇最倒霉，连命都没了。

没有曝光的胶卷。

乌鸦嘴。

盲人无法通过视觉辨别物体，但他们的触觉十分灵敏。顺着这个思路，我们可以尝试找寻问题的答案，即除了颜色不同外，黑色和白色还有什么不一样的特性。将这两条线索归纳到一起，就可以找到解决问题的方法，即将四双袜子放在太阳底下晒相同的时间，因为黑袜子比白袜子吸热更多，所以用手触摸，比较热的那两双是黑袜子，另外两双是白袜子。

O15 脑筋急转弯

什么袋每个人都有，却不愿意借给别人？

一天里，时针和秒针有多少次完全重合？

一个人被从几万米高空掉下来的东西砸在头上，为什么没有受伤？

有一种线只能看，却怎么也摸不着，这是什么线？

小 试 牛 刀

图中这把"椅子"翻倒了，谁能把它"扶"起来？很简单，移动两根火柴，请你试试看。

脑袋。

不可能完全重合，时针和秒针的长短不一样。

掉下来的是雪花，当然不可能受伤。

光线。

如下图所示。

016 脑筋急转弯

什么光会给人带来痛苦？

亚当和夏娃结婚时最大的遗憾是什么？

有人说吃鱼可以预防近视眼，为什么？

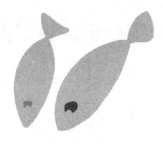

学 贯 古 今

人走路时摆动双臂主要是为了：

A. 减少能量消耗   B. 校正头部位置

C. 平衡走路姿势   D. 加快行走速度

曝光。

没有证婚人。

你见过猫戴眼镜吗？

C。

017 脑筋急转弯

王飞的英语说得非常好，可是那群老外却听不懂他讲的话。这是怎么回事？

时钟敲了 5 下，该吃饭了；时钟敲了 9 下，该睡觉了；时钟敲 13 下时该做什么？

人们观看两个人打架，却从不劝架，请问这是怎么回事？

珍珠可以串成项链，那什么珠不能串成项链？

小 试 牛 刀

有一个牧区，牧民每赶一群羊经过一个关口，就要被没收一半的羊，再退还一只。有一个牧民，在经过 10 个关口之后，只剩下两只羊了，问牧民最初共有多少只羊？

答案

老外是不会英文的韩国人。

时钟坏了，该修了。

人们在看拳击比赛。

泪珠。

牧民最初就只有两只羊。

O18 脑筋急转弯

有一辆小汽车从桥上冲进河里，开车的人却没有受伤，为什么？

放什么东西看天不看地？

有一天，一个植物学家、一个原子弹专家、一个动物学专家在一个热气球上，热气球开始下降，所以必须扔掉一个专家，请问该扔掉哪一个呢？

什么东西只能加，不能减？

小 试 牛 刀

下面是一个罗马数字运算题，"7－2＝2"显然是错误的，请移动两根火柴，使运算题成立。

$$\text{VII} - \text{II} = \text{II}$$

答案

开车的人死了。

放风筝。

扔掉分量最重的。

年龄。

如下图所示。

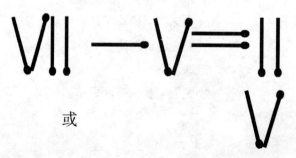

或

019　脑筋急转弯

老王和很多人一起搭乘交通工具，周围的人都对他说："老王，你真勇敢。"当其他人在途中一个个都下去了的时候，老王和另外一个人还继续撑到最后。尽管如此，老王后来却被知道这件事的人嘲笑，为什么呢？

偷什么不犯法？

哈巴狗去掉尾巴像什么动物？

进动物园后，首先看到的动物是什么？

小 试 牛 刀

意大利国王对王子说："这儿有一个鱼块，假如你猜出是什么鱼，就给你吃。用什么手段都可以，不过有一条，就是不许问鱼的名字。"王子猜不出是什么鱼，但他说了一句话，国王不得不让他吃了鱼。猜一猜王子说了什么话？

答案

老王想要背着降落伞跳下来，但是又不敢。

偷笑。

还是像哈巴狗。

人。

王子说的是："让我尝一尝这条鱼，我就可以说出它的名字。"

要想猜出鱼的名字，品尝当然可以算一个手段，还不违反国王的规定。

其实，王子的目的是要吃到鱼，猜鱼名是吃鱼的手段。所以，王子的做法是合乎逻辑的一条捷径，认为"只有猜对鱼名才能吃上鱼。"只能表明思维的呆滞。

O2O 脑筋急转弯

花花知道试卷的答案，为什么还频频看同学的？

江河湖海有哪些地方不同？

一个袋子里装着两种豆子，有黄豆和绿豆，一个人把豆子倒在地上，他很快就把黄豆和绿豆分开了，请问他是怎么分的？

小试牛刀

一个财主在临死前给他两个儿子分财产，分到最后，还剩 9 颗宝石。他对两个儿子说，我有 9 颗宝石想分给你们，你们把它们全部装在 4 个袋子里，保证每个袋子里都有宝石，并且每个袋子里宝石的颗数都是单数。谁能做到我就给他 5 颗，而另一个人就只能得到 4 颗了。很快小儿子就做到了。你知道他是怎么做的吗？

答案

花花是监考老师。

右边不同。

只有一粒黄豆和一粒绿豆。

跳出常规思维模式，只要在第一个袋中放一颗宝石，第二袋中放三颗宝石，第三个袋中放五颗宝石，然后将这三个袋子一并放入第四个袋中，就轻而易举地做到了。

O21　脑筋急转弯

小周并没有带降落伞就从海拔 5000 米的地方往下跳，却安然无恙，这是怎么回事？

远看是电扇，近看也是电扇，你说是电扇，可是它不转，为什么？

魔术师彼得站在舞台上，手中拿着四颗球。"各位，请看仔细了。"他把球放在手掌上，大喊一声，"哧！"球仍然在原来的位置，没有发生什么变化。但是，观众看到这个情形后，立即鼓掌，高声喝彩。究竟是什么原因呢？

小试牛刀

一位司机驾车从海南到湖北去见朋友，半路上有一个轮胎爆了。他把轮胎上的 4 个螺丝拆下来准备换备用胎，当他从后备箱里把备用轮胎拿出来时，不小心把 4 个螺丝踢进了下水道。

司机该怎么做才能使车安全地开到距离最近的修车厂？

答案

这个地方海拔 5000 米。

电扇没接电源。

魔术师把他自己变没了。

从其他 3 个轮胎上各取下 1 个螺丝，用 3 个螺丝把备用胎固定在车轮上。

022 脑筋急转弯

什么书必须买两本？

偷什么不用动手？
"我不减肥"是什么意思？

小 试 牛 刀

古时候，有一人想过河，他来到河边大声问道："哪位船老大会游泳？"
话音刚落，好几个船老大都围了过来，他们都说："我会游泳，客官坐我的船吧！"
只有一位船老大没有过来，坐船人就走过去问那人："你水性好吗？"
船老大不好意思地说："我不会游泳。"
坐船人高兴地说："那好，我坐你的船！"
你知道这是为什么吗？

 答案

结婚证书。
偷笑。
字面意思。
坐船人认为，不会游泳的船老大必然会更小心地划船，坐他的船比较安全。

O23 脑筋急转弯

一艘五十吨的油轮沉没了，最先浮出水面的是什么？

买一双皮鞋要 200 元，请问一只要多少元？

什么东西不能用放大镜放大？

两个身高、体重相当的小朋友在玩跷跷板，你猜结果会如何？

小 试 牛 刀

如下图所示，有两块大小差不多的用同一块铁皮切割而成的不规则铁皮。请问，采用什么方法可以比较出它们面积的大小？

答案

空气。

一只不卖。

角度。

玩得非常开心。

将这两块铁皮板放在天平两头称一称，即可知道各自的面积大小了。重量大的面积大，重量小的面积小，重量相等，则面积相等。

024 脑筋急转弯

为什么女人穿高跟鞋容易被男人追？

长跑比赛开始以后，运动员之间的距离越拉越远，但其中最慢的一个人却最先到达终点，这是为什么？

为什么马可以吃象？

阿里巴巴和四十大盗是东方夜谭还是西方夜谭？

不晕车的最好方法是什么？

小试牛刀

美国的马里兰州有一位女士，由于对丈夫约翰长期迷恋于狩猎和钓鱼非常反感，她便在当地报刊上登了一则"出售丈夫"的广告，以此威胁约翰先生。广告上写道："今出售我的丈夫约翰，价格优惠。他随身带有良种狗一条，外加钓鱼用具一套。其人品行兼优，唯一的爱好就是狩猎和钓鱼，因此每年约有 9 个月不在家。"

约翰知道后气急败坏，不知如何处理，请朋友格林替他想个办法。约翰按照格林的计划逐步实施，最后挽救了濒临破碎的婚姻。

如果你是格林，你打算安排什么样的计谋来帮助约翰先生呢？

穿高跟鞋走得慢。

跑道是圆的。

在下象棋。

天方夜谭。

不坐车。

这是一则"虚实相间"的实例。广告刊出后的第一周，约翰的妻子收到了5封不同姓名、不同笔迹的女性的来信，她们都说平生最爱吃鱼了，愿意出两倍于约翰的妻子所开的价格买下约翰先生。广告刊出后的第二周，有更多的女士出更高的价钱买约翰。广告刊出后的第三周，她们更加疯狂地争买约翰。这一切其实是格林和约翰的计策。果然，约翰的妻子再次刊登广告，撤销了"出售丈夫的广告"。据说，她还买了一大堆讲述钓鱼和狩猎技巧的书，悉心研究，跟随约翰先生一同去钓鱼和狩猎，如影随形，寸步不离。

025 脑筋急转弯

你能以最快速度，把冰变成水吗？

小明从不念书却得了模范生，为什么？

一个人空肚子最多能吃几个鸡蛋？

小 试 牛 刀

有三筐密封水果，第一筐装的全是香蕉，第二筐装的全是菠萝，第三筐是菠萝与香蕉混装在一起。筐上的标签被贴错了（如果标签写的是菠萝，那么可以肯定筐里不会只有菠萝，可能还有香蕉），你的任务是拿出其中一筐，从里面只拿一个水果，然后将三筐水果重新贴上正确的标签。你能做到吗？

答案

把"冰"字的两点去掉。

小明是聋哑人，不能说话，因而不能念书。

一个。因为吃了一个以后就不是空腹了。

从标着"混合"标签的筐里拿一个水果，就可以知道另外两筐装的是什么水果了。因为标签全部贴错了，标有"混合"的一定只有一种水果。确定了这水果后，就知道另外两个筐里各装的是什么水果了。

第 2 章

智力大擂台

OO1 脑筋急转弯

人的长寿秘诀是什么?

下雨了,大家都急着回家,可有一个人却不紧不慢地走着(他没撑雨伞)。有人问他为什么不赶紧回家,他只说了一句话,就使那人晕了过去。请问他说了什么话?

桌子上有一个蜡烛和一个煤油灯,请问先点哪一个?

名 人 讲 堂

黄河渡口,既没有桥,也没有船。阮小二对时迁说:"别看水面这么宽,我上午一气儿横渡了五次呢!"时迁说:"游完你就回家了?"阮小二说:"那当然了!"时迁说:"你吹牛!"阮小二是梁山有名的水中好汉,时迁不是不知道,可是他为什么不相信阮小二呢?

答案

保持呼吸,不要断气。
"急什么,前面还不是有雨!"
火柴。
因为在横渡五次黄河之后,人应该在河的对岸,不可能回家。

OO2　脑筋急转弯

人死了为什么要闭眼睛？

5只鸡5天生了5个蛋。100天内要生100个蛋，需要多少只鸡？

小明每天都吃一个师傅，他是怪兽吗？

美国总统是怎么进白宫的？

奇思妙想

在同样的条件下，把两杯不同温度的牛奶放到同一个冰箱里，温度高的一杯与温度低的一杯哪个冷得快？

A. 温度高的　　　　　　　　B. 温度低的　　　　　　　　C. 一样快

因为睁着眼睛会吓死人的！

仍然仅需5只鸡。

吃康师傅方便面嘛！

从大门进去的。

C。冷却的快慢不是由液体的平均温度决定的，而是由液体与环境的温度差决定的。热牛奶急剧冷却时，这种温度差较大，而且在整个冻结前的降温过程中，热牛奶的温度差一直大于冷牛奶的温度差。表面的温度愈高，从表面散发的热量就愈多，因而降温就愈快。这就是姆潘巴现象。

003　脑筋急转弯

小华的爷爷有 7 个儿子，每个儿子又各有一个妹妹，请问：小华的爷爷有多少个儿女？

11＋2＝1 对吗？

在布匹店里买不到什么布？

小王买了一台新音响，电源开了，光盘也放了，却没有声音，究竟是哪儿出问题了呢？

小试牛刀

有一个盛有 900 毫升水的水壶，两个空杯子，一个能盛 500 毫升，另一个能盛 300 毫升。请问：应该怎样倒水，能使得每个杯子都恰好有 100 毫升？（注：不允许使用别的容器，也不允许在杯子上作记号。）

答案

8 个，女儿是最小的。

对！11 点钟再加上 2 点钟就是 1 点啦！

松赞干布。

停电了。

先把两个杯子都倒满，然后将水壶里剩下的水倒掉。接着将 300 毫升杯子内的水全部倒回水壶，把大杯子的水往小杯子倒入 300 毫升，并把这 300 毫升水倒回壶中，再把大杯子剩下的 200 毫升水倒入小杯子。把壶里的水注满大杯子（500 毫升），这样，水壶里只剩 100 毫升。再把大杯子的水注满小杯子（只倒入 100 毫升就满了），然后把小杯子里的水倒掉，再从大杯子往小杯子倒 300 毫升，此时大杯子里只剩下了 100 毫升，再把小杯子里的水倒掉，最后把水壶里剩的 100 毫升水倒入小杯子。这样每个杯子里都恰好有 100 毫升的水。

004 脑筋急转弯

小马不会轻功，一只脚踩在鸡蛋上，鸡蛋却不会破，这是为什么？

在书店里买不到什么书？

黑人和白人结婚生下的婴儿，其牙齿是什么颜色的？

小韩不小心把一枚硬币吞进了肚子里，他为什么 10 年后才动手术取出来呢？

小 试 牛 刀

一次聚会时，一位同学出了一道难题来考其他同学。这位同学拿出一个鸡蛋说："谁能把这个鸡蛋立在桌子上？"

同学们左立右立，怎么也立不起来，只好向这个同学请教。而他轻而易举地就把鸡蛋立起来了。你知道他是怎样做到的吗？

答案

另外一只脚在地上。

秘书。

刚出生的婴儿没有牙齿。

不着急用。

拿起鸡蛋，对着光看了一下，然后往桌上一磕，把下面的蛋壳磕破了，鸡蛋就稳稳地立在桌面上了。

脑筋急转弯

娟娟与妈妈都在一个班里上课，这是为什么？

林林露营时睡在帐篷里，醒来看到满天的星星，他会想什么？

有一棵小树没有被人拔掉，也没有被东西压埋，几年后，小树却不见了，这是怎么回事？

什么事天不知地知，你不知我知？

小试牛刀

一段透明的两端开口的软塑料管内有十一只大小相同的圆球，其中有六只是白色的，有五只是黑色的，如下图所示。整段塑料管的内径是均匀的，只能让一个球勉强通过。如果不先取出白球，又不切断塑料管，那么你用什么办法才能把黑球取出来？

答案

一个是老师，一个是学生。

帐篷被偷了。

小树长成了大树。

鞋底破了一个洞。

如下图所示。把软塑料管弯过来，使两端的管口互相对接起来，让四个白球滚过对接处，滚进另一端的管口，然后使塑料管两头分离，恢复原形，就可以把黑球取出来。

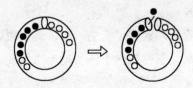

006 脑筋急转弯

世界上是先有男人，还是先有女人？为什么？

什么汤最鲜？

一个女孩子在洗澡，一个男孩闯了进来，女孩最想遮住哪儿？

比细菌还小的东西是什么？

战场上，子弹最密集的地方在哪里？

火眼金睛

毛毛虫的妈妈交给毛毛虫一个艰巨的任务：从一张纸的一面爬到另一面去。毛毛虫想：每一张纸都有两个面和一条封闭曲线的棱，如果由这个面爬到另一个面必须要通过这条没有任何支点的棱，想要通过这条棱，即使我这样的身躯也会有"坠崖"的危险。看来不能硬闯，需要想点技巧才行。

你知道毛毛虫想了一个什么办法吗？

答案

男人。因为叫男人先生。

"鱼"汤和"羊"肉汤。

男孩子的眼睛。

细菌的孩子。

在弹药运输车上 。

把纸的一端稍微卷起来紧挨着纸的一面，毛毛虫就能顺利地从纸的一面爬到另一面去了。当然，要完成这个任务毛毛虫需要求助于别人。

OO7　脑筋急转弯

一架飞机的机翼突然断了，开飞机的王军并没有带降落伞，他却不害怕，为什么？

一个班的伞兵训练跳伞，班长说跳出机舱后数到 30 才能拉伞，结果其他人都平安落地，只有一个人不幸身亡，为什么？

小伟的妈妈知道小伟明年要去外国留学，为什么从昨天就开始因这件事睡不着觉了呢？

一位高僧与屠夫同时去世，为什么屠夫比高僧先升天？

火眼金睛

沙漠上，7 棵大小不同的仙人掌排成一排竖立在那里，有一个射手，准备开枪打掉 4 棵仙人掌的头部和 3 棵仙人掌的根部。请问：他至少需要打几枪？

答案

飞机没有起飞。

他口吃。

明天就是大年初一了。

放下屠刀，立地成佛。

至少需要打一枪。因为仙人掌除了整整齐齐排成直线外还可能是高高低低的排成一条直线，子弹就可同时穿过低仙人掌的头部和高仙人掌的根部。

008 脑筋急转弯

老周一边走路一边想："如果我能够整天都和女人在一起，那该多好!"没有多久，他就美梦成真了。你知道是怎么一回事吗?

世界上通往哪里的路最多?

足球赛刚刚开始，大家就知道了比分，这是为什么?

莉莉在纸上画了一头猪，你知道她是从哪里开始画的吗?

小 试 牛 刀

有一枚普通的硬币，可可一共抛了 30 次，每次都是正面朝上。现在可可想再抛一次，你知道正面朝上的概率是多少吗?

答案

老周出了车祸，每天都有护士照顾他。

罗马。条条大路通罗马。

0∶0

从笔尖开始画的。

1/2。无论谁来抛，也无论抛多少次，这个只有正面和反面的概率是不会变的。千万不要让抛过的次数把你带入陷阱。

脑筋急转弯

怎样才能不被狗咬着？

在什么时候更确定自己是中国人？

什么老鼠用两只脚走路？

小 试 牛 刀

一天，猎人出去打猎，直到天黑才回到家。他的妻子问他："你今天打了几只野兽？"猎人说："打了9只没有尾巴的，8只半个的，6只没头的。"他的妻子莫名其妙，弄不清他说的是什么意思。

猎人究竟打了几只野兽，你知道吗？

跑得比狗快。

在外国的时候。

米老鼠。

一只都没打到。9没尾是0，半个8也是0，6没头还是0，所以，猎人没有打到野兽。

010　脑筋急转弯

有一种东西，成熟了会有胡须，这是什么？

天最顶上是什么？

火眼金睛

过生日的时候，常要切生日蛋糕。现在有一块大蛋糕，要想 3 刀把它切成形状相同、大小一样的 8 块，且不许变换蛋糕的位置。该怎么切呢？

答案

玉米。

是"一"。

拿着刀在蛋糕的表面上划来划去，你永远不可能找到正确的切法，思维要充满想象，让视线从平面转移到空间。切法如下图所示。

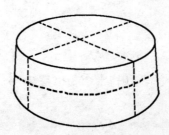

011 脑筋急转弯

小东上课睡觉，老师却不说他，为什么？

抓到什么贼后可以马上处死刑？

哥哥买了 3 袋米，弟弟买了 2 袋米，回家后他们把米放在 1 只大袋里，现在他们有几袋米？

火眼金睛

你知道这首诗怎么读吗？

开

山满

桃山杏

山好景山

来山客看山

里山僧山客山

山中山路转山崖

老师没看见。

乌贼。

1 袋米。

山中山路转山崖，山客山僧山里来。山客看山山景好，山桃山杏满山开。

012　脑筋急转弯

小明考了100分，为什么哭了？

有一只公鸡在屋顶上下蛋，你说鸡蛋会从左边掉下还是右边？

把8分成两半，是多少？

你知道上课睡觉有什么不好吗？

小偷最怕碰的机关是什么？

学贯古今

甲去旅游，乙问他都去哪儿了，他说："海上绿洲，风平浪静；银河渡口，巨轮启动；不冷不热的地方，四季花红。"开始，乙有些摸不着头脑，不知道甲究竟去过哪里。在甲的启发下，乙终于猜出了甲到过的6座城市。

猜猜看，这是哪6座城市呢？

答案

乐哭的。

公鸡不会下蛋。

0。

不如床上舒服嘛。

公安机关。

认真分析、理解每一个已知条件，使思维顺利进行，直至导出结果。这6座城市是青岛、宁波、天津、上海、温州、长春。

O13 脑筋急转弯

人永远也登不上去的地方是哪里？

学什么字时人们总是先学外国字然后再学本国字？

在茫茫大海上漂了大半年的海员，一脚踏上陆地后，最想做什么事情？

开心加油站

一个木匠为其亲眼目睹的一场车祸作证。

法官问他当时离事故现场有多远，木匠回答："33.77米。"

"什么？"法官问道："你对那段距离怎么能这么肯定呢？"木匠答道："哦，因为我知道某个白痴会提这个问题，所以我特意测量了距离。"

 答案

自己的头顶。

学写数字时，都是先学1、2、3，这是阿拉伯数字。

另一只脚也踏上陆地。

014　脑筋急转弯

假如你的三个同学来到你家，你要把桌上的一个苹果藏起来让他们找，你会把苹果藏在哪里，使他们找不到呢？

喝什么东西可以让人变成鬼？

火眼金睛

这天张三来到亲戚家串门，天色已晚，不知什么时候下起雨来了，张三打算住下来。可是亲戚却不想留他，于是在纸上写了一句话：

下雨天留客天留人不留

张三看了后，明白他的意思，只是没作声，在上面加了几个标点符号：

下雨天，留客天，留人不？留！

亲戚一看，这句话的意思完全反了，也就无话可说，只得给张三安排了住宿。

这句话除了张三这种标法外，还有三种标法，使它变成疑问、问答、陈述三种句式，请问你能标出来吗？

> 肚子里。
>
> 喝酒。
>
> 下雨天，留客天，留人不留？（疑问句）
>
> 下雨天，留客天，留人？不留！（问答句）
>
> 下雨天，留客，天留，人不留。（陈述句）

015　脑筋急转弯

　　有个小学生想跳过两米宽的一条河，试了几次都失败了。可是后来，他什么工具也没用就达到了目的。你知道他用的是什么好办法吗？

　　为什么警察要系白皮带？

　　新买的袜子怎么会有一个洞？

　　悠悠生了病，天天要打针。她怕痛，每次打针，都说屁股好痛好痛。这一天，妈妈又陪她去打针，这次她却说，屁股一点儿也不痛。这是为什么呢？

名人讲堂

　　所罗门王有一个漂亮的女儿，周边许多国家的王子和侯爵都慕名来求婚。为了考验求婚者的智慧，所罗门王随手画了一个用许多三角形组成的图案，要求求婚者数这个图案里一共有多少个三角形，数对的就可以迎娶公主。

　　你能数出图案上有多少个三角形吗？

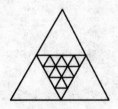

答案

　　等自己长大。

　　不系皮带裤子会掉下来。

　　没有洞怎么穿呢。

　　打的是胳膊。

　　所罗门王画的图案中一共有 31 个等边三角形。

016 脑筋急转弯

小瞿说他能在1秒钟之内把房间和房间里的玩具都变没了，这可能吗？

酒鬼酒喝多了伤身，不喝呢？

燕子冬天为什么要飞去南方过冬？

小试牛刀

如下图所示：从甲地到乙地中间隔着一个小草坛，草坛的两边各有一条小路。小明和小军同时从A点出发，小明从左侧小路走，小军从右侧小路走，在相同速度下谁先到达B点？

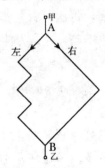

答案

闭上眼睛。

伤心。

走过去太慢了。

同时到达。两条小路的路程相同。如下图所示：线路一的各分段距离之和，正好等于线路二的距离。

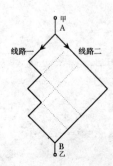

017 脑筋急转弯

小曹去参加讲笑话比赛，一路上小曹一直用冰块敷嘴巴，为什么？

什么球你最爱让它动？

欧欧生病了，打针和吃药，哪一个比较痛苦？

蛇为什么要脱皮？

教室里为什么要有讲台？

小试牛刀

一块空旷的土地上栽着 16 棵树，它们形成 12 行，每行 4 棵树，如下图所示，其实，这 16 棵树可以形成 15 行，每行 4 棵树。你知道应当怎样栽种吗？

答案

怕笑话不新鲜了。

眼球。

欧欧比较痛苦。

皮在痒。

提高老师的地位。

按下图的栽法，可使得 16 棵树形成 15 行，每行 4 棵。

O18 脑筋急转弯

一个教授有一个弟弟，但弟弟却否认有个哥哥，为什么？

一年才上一天班又不怕被解雇的人是谁？

外国人为什么要到中国来游长城？

火眼金睛

你能只切 5 刀将月饼切成 16 块吗？

答案

这个教授是女的。

圣诞老人。

外国没有万里长城。

如下图所示。

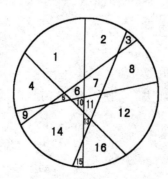

019 脑筋急转弯

天天在地上捡到 1 元钱，带到学校交给老师，老师问明情况后又把钱还给了天天。老师为什么这样做？

老鼠的繁殖力非常惊人，据说一只母鼠每个月生产一次，一胎生 12 只小老鼠。小老鼠成长到两个月大时就有生殖能力。假设现在开始饲养一只刚出生的老鼠，10 个月后会变成几只？

金钟奖、金马奖、金像奖哪个对国家贡献最大？

火眼金睛

茜茜从图书馆借了一本 100 页厚的书。回到家后，她发现她想看的 20～25 页脱落了。那么，茜茜借的书还剩多少页，你知道吗？

答案

天天的钱是在家里捡到的。

仍是一只，一只老鼠不能生出小老鼠。

金钟奖，精忠报国嘛。

92 页。从第 20～25 页共有 6 页，那么从 100 里减去 6 就是 94 页，这样计算就错了。纸是有正反两面的，所以不可能只脱落其中的一面。既然第 20 页脱落了，那么第 19 页也必定脱落。同理，既然第 25 页脱落了，那么其背面的第 26 页也必然随之脱落。因此，脱落的应该是 19～26 页，共计 8 页。

020 脑筋急转弯

有个国家意外事件天天发生，而当天发生的所有意外事件，都会刊载在该国一份叫做《事件新闻》的晚报上。有一天，该国奇迹似的没有发生任何事件，该报却仍刊出意外事件。究竟这个专门写意外事件的报纸，还有什么意外新闻可以报道呢？

小松晚上看文艺表演，为啥有一个演员总是背对观众？

谁最喜欢咬文嚼字？

有卖的，没买的，每天卖了不少的。

火眼金睛

有6顶帽子，其中3顶是红色的，2顶是蓝色的，还有1顶是黄色的。甲、乙、丙、丁4人闭上眼睛站成一排，甲在最前面，乙其次，丙第三，丁最后。老师给他们每人戴了一顶帽子，他们不知道自己的帽子的颜色，但后面的人可以看到前面人的帽子的颜色。当老师先问丁，丁说判断不出自己所戴帽子的颜色。丙听了丁的话，也说不知道自己戴的什么颜色的帽子。乙想了想，也摇了摇头，不知道头上是顶什么颜色的帽子。听完他们的话，甲笑着说知道自己戴了一顶什么颜色的帽子。你知道甲戴了什么颜色的帽子吗？

 答案

意外的事就是竟然一件意外都没发生。

乐队指挥。

书虫。

门槛。

甲、乙、丙3人戴的帽子的颜色有下面6种可能：红红红、红红蓝、红红黄、红蓝黄、红蓝蓝、蓝蓝黄。站在最后的丁说不出自己戴了什么颜色的帽子，说明前面3人肯定不是蓝蓝黄，否则他可以推出自己戴的是红帽子。丙前面两人戴的帽子的颜色可能是：红蓝、红黄、红红、蓝黄、蓝蓝。但他也说不出自己戴的帽子的颜色，所以前面两人不可能是蓝蓝、蓝黄。因为如果是蓝蓝、蓝黄，丙就能推出自己戴的是红色的帽子。根据上面的推理，甲、乙的帽子的颜色只能是红蓝、红黄、红红，如果甲的帽子的颜色是蓝或黄，乙一定能推出自己的帽子是红色的。因为乙没有推出自己的帽子的颜色，所以甲的帽子的颜色一定是红色的。

021 脑筋急转弯

天比较大，还是月比较大？

如果你有一双翅膀你会做什么？

汤姆应该把游艇开到红海去，却到了黑海，为什么？

化妆品可以使女人的脸变得美丽，可是会使哪些人的脸变得非常难看？

名人讲堂

第一次世界大战时，出色的德国女间谍玛利奉命搜集法国的机密情报。

摩尔将军是法国的一名政要。借着一些公开场合，玛利与将军认识了，并成为他的好友。玛利知道，将军经常将政府的重要文件带回家并锁在保险箱内。

有一天，玛利来到将军家做客，她趁将军不备，在他的水杯里放了安眠药，将军喝后，很快昏睡了。

玛利借机潜入将军书房，当时已近深夜2点。保险箱就在一座古老的大钟旁，密码是6位数，可是无法知道确切密码。

玛利找遍整间书房，也没找到密码的踪迹，她失望至极，忽然，玛利发现了异样，屋内的大钟指针跟进门时毫无两样，依然停留在9点35分15秒的位置，遂破解了这个6位数的密码，成功地偷取了法国的机密情报。

她是怎样找到密码的？

答案

当然是月了，三十天才是一个月。

去看医生。

他是色盲。

付钱的男人。

秘密就在大钟上。玛利潜入书房后，搜索了大半天的时间，但时钟仍停留在9点35分15秒的位置，因此灵机一动，将时分秒的数字排列为93515，可是，只有五位数，还差一位数字，于是将9点改为国际时间21时，排列成213515，果然就是保险箱的密码。

 脑筋急转弯

小王认识了一个女孩子，对她一见钟情，得知她没有男朋友，为什么小王还是闷闷不乐？

某人买了一辆车，两年后却以更高的价钱卖了出去，为什么？

小李一百米跑十秒，小马跑十一秒，为什么最后得到金牌的是小马？

火眼金睛

新兵A、B、C、D、E、F正排好队跑向训练场，已知：F没有排在最后，且他和最后一个人之间还有两个人；E不是最后一个人；在A的前面至少还有四个人，但他没有排在最后；D没有排在第一位，但他前后至少还有两个人；C没有排在最前面，也没有排在最后。

请问：他们6个人的顺序是怎么排的？

答案

她已经结婚了，有丈夫。

古董车。

小李没参加比赛。

新兵排队的顺序是：E、C、F、D、A、B。

023 脑筋急转弯

有个地方发生了火灾，虽然有很多人在救火，但就是没人报火警，为什么？

如果诸葛亮还活着，现在的世界会有什么不同？

云云在一所学校里经常打人，却成了学校的优秀生，这是怎么一回事？

小张的司机飞快地从山上冲下来，却没有撞伤人，怎么回事？

考试的时候，维维全部都抄小峻的，为什么小峻得到100分，维维却没有分呢？

小试牛刀

一只青蛙掉进了一口18英尺深的井。它每天白天向上爬6英尺，晚上又向下滑落3英尺。按照这一速度，多少天它才能爬出井口？

答案

消防局发生了火灾。

多一个人。

云云上的是拳击学校。

小张的司机并没有开车。

维维连名字都抄的小峻的。

不少粗心的人很可能得出的答案是6天。他们的思路是：青蛙白天向上爬6英尺，晚上向下滑落3英尺，因此平均每天向上爬3英尺；井深18英尺，所以6天后青蛙爬出井口。他们却忽略了一点，即当青蛙爬出井口后就不再下滑了。

因此，正确答案是青蛙只需5天爬出井口。前4天青蛙共向上爬了12英尺，第5天白天青蛙正好爬完剩下的6英尺，爬出井口。

024 脑筋急转弯

布跟纸怕什么？
为什么结婚要请客吃饭？

人体最大的器官是什么？
什么时候4减3等于5？
借什么可以不还？

小试牛刀

孙悟空到蟠桃园摘蟠桃，准备把摘下的蟠桃每10个一袋装好带回花果山，但是分装到最后，剩下9个。如果按9个分，则剩下8个；于是孙悟空按8个分，结果多7个；按7个分，又多6个；按6个分，多5个……

于是孙悟空算了一下，用所摘蟠桃总数除以5，余4；除以4，余3；除以3，余2；除以2，余1。

你知道孙悟空至少摘了多少个蟠桃吗？

 答案

不（布）怕一万只（纸）怕万一。

宣布以后家里多了一个人吃饭。

胆。胆大包天。

算错的时候。

借光。

既然知道不管怎么分，总是缺一个蟠桃，那么，如果能再多一个蟠桃，这个数目就能被10、9、8、7、6、5、4、3、2、1除尽了。由此可以知道，这个数应该是2520（以上数字的最小公倍数）。所以，蟠桃数目至少为2519个。

025 脑筋急转弯

父亲一发现皮夹里的钱数目少了一半，便一口咬定是儿子干的好事，为什么？

小赵从事美容工作已经很多年了，为什么连个眼影都画不好？

黄皮肤的人是黄种人，绿皮肤的人属于哪一种？

小试牛刀

如下图所示，如果 3 个空格里是同一个数（一位数）的话，该是哪个数呢？

$$9\square \times \square = 6\square 9$$

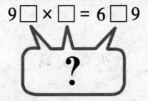

答案

如果是妻子会把全部钱都拿走。

从事的是汽车美容。

病人。

由于左边两个数字的个位是相同的，而且右边的个位是 9，因此两个相同的数字相乘的结果个位是 9 的只能是 3 或 7。

分别试一下这两个数。

$93 \times 3 = 279$（不等于目标数值）。

$97 \times 7 = 679$（符合条件）。

026 脑筋急转弯

观音菩萨为什么要坐在金童玉女的中间而不坐在旁边呢？

盲人都是怎么吃橘子的？

年年有余，为什么钱还是存不起来？

老师说蚯蚓切成两段仍能再生，小东照老师话去做，蚯蚓却死了，为什么？

老刘一个人睡觉，醒来为什么屁股上竟出现深深的牙印？

火 眼 金 睛

琳达的生日是在一月的第一个星期四。现在知道一月份所有星期四的日期之和为80。请问她的生日是在几日？

答案

阻止他们谈恋爱。

用嘴吃。

年年被炒鱿鱼。

小东是竖着将蚯蚓切开的。

睡在自己的假牙上了。

二日。

027 脑筋急转弯

李大爷到一家超市购物，他的钱包里只有面值 1 元和 5 角的硬币，可他却买回了 123 元的东西，这会是真的吗？

从长江上游飘来一根鸡毛，它来自哪里？

有一个又黑又深的洞穴，传说里面藏着稀世珍宝，于是，有一个人非常好奇地前往一探，果然如传说所言，洞穴口已经留有许多人进去过的足迹。但是，这个人一看到这些足迹，立刻打消了进入洞穴的念头，急忙抽身就走。为什么？

小试牛刀

依据给出数的规律，请判断这一数列的最后一个数字是什么？

1 3 2 6 4 12 8 24 ?

答案

这些 1 元和 5 角加起来多于 123 元钱。

鸡身上。

只有进去的足迹，没有出来的足迹。

16。变化规律是加 2、减 1，加 4、减 2，加 8、减 4，加 16、减 8……

第 3 章

举一反三

001　脑筋急转弯

为什么游泳比赛冬天的成绩总是比夏天好？

小秦昨天开车经过广州珠江隧道，该隧道的南边是黄沙区，北边是芳村区，你猜猜他是从哪里进去和从哪里出来的？

口吃的人做什么事最亏？

小明在拖地，你能告诉他用什么拖地最干净吗？

学贯古今

与"指鹿为马"典故有关的历史人物是谁？

A. 赵高　　　　　　　　B. 秦桧　　　　　　　　C. 和珅

冬天太冷了，人们想快点从水里出来。

隧道口。

打电话。

用力。

A. 赵高。

002 脑筋急转弯

拍手掌是叫好的意思,那你知道什么掌不能拍吗?

为什么人们练太极拳时常常要抬起一只脚?

一只普通手表刚掉到大海里,请问它会不会停?

在一个寒冷的清晨,有一位西装革履的先生在河里拼命游水,这是为什么?

保洁阿姨是什么人?

学 贯 古 今

"寿比南山"一词中的"南山"指的是?

A. 黄山　　　　　　　B. 终南山　　　　　　　C. 香山

> 仙人掌。
>
> 抬两只脚就站不住了。
>
> 不会停,会一直往下掉。
>
> 不小心掉下去的 。
>
> 女人。
>
> B. 终南山。

003 脑筋急转弯

▶▶▶

有个人在路上捡到800元钱,有人问他:"你快乐吗?"他说:"我不快乐。"5分钟之后,他又捡到100元钱,有人又问他:"你快乐吗?"这次他回答:"我很快乐!"这是怎么一回事?当然,他捡到的钱都是真的。

一个完好的氢气球并没有附加任何东西在上面,却不能上升,为什么?

有一只纸船却比一只铁船还贵,为什么?

学贯古今

仡佬族是个不太为人所知的民族,您知道仡佬族的春节是每年农历的三月初几吗?

A. 三月初一   B. 三月初三   C. 三月初五

答案

他丢了900元钱。

没有充气。

用钱折的纸船。

B. 三月初三。

004 脑筋急转弯

什么马不会跑？

为什么离婚的人越来越多？

小王说他能在太阳和月亮永远在一起的时候去旅行，你认为可能吗？

身份证掉了怎么办？

学贯古今

别名还叫过"个山驴"的著名画家是（　　　）

A. 王维　　　　　　　　　　B. 朱耷

答案

木马。

因为结婚的人越来越多。

明天去旅行。

捡起来。

B. 八大山人朱耷。

005 脑筋急转弯

什么鼠最爱干净？

为什么大家喜欢看漫画？

中国足球运动员的脚除了踢球外，还能干什么？

蚊子咬在什么地方你不会觉得痒？

学贯古今

孔明最后一次北伐时病死在哪里？

A. 五丈原　　　　　　　　　B. 赤壁

 答案

环保署。

无聊。

走路。

别人身上。

A. 五丈原。

006 脑筋急转弯

参加联考，除了准考证外，最重要的是什么？

两包面都被偷了，意合什么成语？

街上那么多的人是从哪儿来的？

纸上写着某一份命令。但是，看懂此文字的人，却绝对不能宣读命令。那么，纸上写的是什么呢？

什么布剪不断？

学贯古今

曹操曰"将军在匆忙之中，能整兵坚垒，任谤任劳，使之反败为胜虽古之名将，何以加兹者！"将军为何人？

A. 关羽   B. 张飞   C. 于禁

答案

记得起床。

面面俱到（盗）。

家里。

纸上写着"不要念出此文"。

瀑布。

C. 于禁。

007 脑筋急转弯

用什么方法可以不喝水?

什么雨猛到可以淋死人?

一家珠宝店的老板雇了一位保镖,负责押送一箱珠宝,不幸中途遭人打劫。在整个被劫过程中,保镖始终死守着珠宝,尽管保镖没自盗自劫,可珠宝店老板还是损失了这箱珠宝,为什么?

如果你说出它来,它就不见了,它是什么?

什么东西咬牙切齿?

学贯古今

《洛神赋》中洛神是指谁的妻子?

A. 曹植　　　　　　　　B. 曹丕　　　　　　　　C. 曹操

 答案

把水改一个名字。

枪林弹雨。

保镖也被劫了。

沉默不语。

拉链。

B. 曹丕。

008 脑筋急转弯

小顺在公共场所吐了口痰，当管理人员要他罚款五角钱时，他给了一张一元的，管理员说找不开，你猜小顺是怎么做的？

英国国王为什么是女性？

请解释擒贼先擒王的意思。

什么事是人们最想知道，而又无法知道的？

学贯古今

"一骑红尘妃子笑，无人知是荔枝来。"诗中的"妃子"是？

A. 西施　　　　　　　　B. 王昭君　　　　　　　　C. 杨玉环

再吐一口。

女士优先。

抓贼先抓姓王的。

这件事。

C. 杨玉环。

009 脑筋急转弯

王军是一名优秀士兵。一天，他站岗值勤时，看到有敌人悄悄向他摸过来，为什么他却睁一只眼闭一只眼呢？

除了电池，什么电不用电线也能来到你家？

有两个棋友在一天中共下了 9 盘棋，在没有和局的情况下他俩赢的次数相同，这是怎么一回事？

爸爸新买来一支笔，却不能用来写字，这是为什么？

学贯古今

"我善养吾浩然之气"是谁说的？

A. 孔子　　　　　B. 老子　　　　　C. 庄子　　　　　D. 孟子

准备射击。

闪电。

不是只有他们俩下。

电笔。

D. 孟子。

010 脑筋急转弯

人在什么时候总是顾上不顾下？

为什么太阳天天都比人起得早？

什么杯不能装水，但很多人都想得到它？

今天，卖报的三毛卖了100份定价5毛的报纸，但只收入几毛钱，为什么？

学贯古今

《水浒传》中的"浪里白条"是谁？

A. 张顺   B. 武松   C. 宋江

爬梯子。

太阳睡得比人早。

奖杯。

卖的是废报纸。

A. 张顺。

O11 脑筋急转弯

澳大利亚是现今世界上最大的岛屿，但在澳大利亚被发现之前，什么岛最大？

有一样东西，你只能用左手拿它，右手却拿不到，它是什么？

小青的爸爸从来不做饭，可他炒一样东西却很拿手，那是什么呢？

你知道什么样的山和海可以移动吗？

学贯古今

鲁迅第一次用"鲁迅"的笔名在《新青年》上发表的小说是什么？

A. 《阿Q正传》　　　　　B. 《朝花夕拾》　　　　　C. 《狂人日记》

 答案

澳大利亚。

你的右手。

炒鱿鱼。

人山人海。

C. 《狂人日记》。

012 脑筋急转弯

小凯花200元买了一样东西，被一个陌生人撕破了，可他一点也不生气，这是为什么？

小水骨瘦如柴，患有胃病，可是他每周要去两次眼科医院。请问这是为什么？

欣欣用力扔鸡蛋，可为什么扔了2米多远时鸡蛋却没碎？

小郭不会游泳，为什么还敢到深水中去？

学贯古今

曾经和关羽、张飞兄弟两人打得不分上下的第一武将是谁？

A. 吕布   B. 董卓

200元的火车票，检票的时候被撕了。

他是眼科医生。

鸡蛋还在空中飞。

他会潜水。

A. 吕布。

O13　脑筋急转弯

一年四季都盛开的花是什么花?

一年的 12 个月中，有的月份是 30 天，有的月份是 31 天，有多少个月有 28 天?

吉普车的哪个轮胎最干净?

　　住在山谷中的志明，突然想吃泡面，便支起小锅来烧水。水快开了才发现家里的泡面已吃完了，急急忙忙到山脚下的杂货店去买。30 分钟后回到家，发现锅里的热水全都不见了。这究竟是为什么?

学 贯 古 今

中国古代"不惑"是指男子多少岁?

A. 30 岁　　　　　　　　　B. 40 岁　　　　　　　　　C. 50 岁

塑料花。

每个月都有 28 天。

备用轮胎。

因为热水都变成冷水了。

B. 40 岁。

 脑筋急转弯

三个健康人在猜拳，一个出剪刀，一个出石头，一个出布，三个人共有几根手指头？

果果每次数学考试都只得到十几分，他有什么办法保证下次考试不会得到十几分？

小凡向伙伴们吹嘘说："昨天上操的时候，老师提了一个问题，全班除了我没有一个能答对的。"你猜老师问的是什么问题？

爱吃零食的小王体重最重时有 50 公斤，但最轻时只有 3 公斤，为什么？

一个不会游泳的人掉进了水里却没有淹死，为什么？

学贯古今

成语"请君入瓮""请"的是谁？

A. 黄盖　　　　　　　　B. 周兴　　　　　　　　C. 周瑜

 答案

> 30 根。
>
> 考零分。
>
> 老师问的是你为什么又迟到了。
>
> 他刚出生时的体重。
>
> 他在洗澡。
>
> B. 周兴。

015　脑筋急转弯

艳艳家有 5 盏灯，关掉 4 盏，还剩几盏？

在不能用手的情况下，怎样才能把桌上的一碗面吃完？

什么东西不破的时候人们犯愁，破了才高兴？

一列火车由北京到上海需要 6 小时，行使 3 小时后，火车该在什么地方？

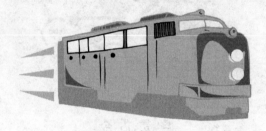

学贯古今

金庸先生曾用两句诗概括他的武侠作品，上句是"飞雪连天射白鹿"，下句是什么？

A. 笑书神侠倚碧鸳　　　　　　　　B. 阴雨连绵戏碧鸳

　　　　　　　　　　　5 盏。

　　　　　　　　　　　用筷子。

　　　　　　　　　　　破案。

　　　　　　　　　　　铁轨上。

　　　　　　　　　　　A. 笑书神侠倚碧鸳。

016 脑筋急转弯

有一样东西能托起50千克的橡木，却托不起5克的沙子，是什么？

车祸发生不久，第一批警察就赶到了现场，他们发现司机毫发无损，翻倒的车子内外血迹斑斑，却没有见到死者和伤者，而这里是荒郊野外，并无人烟，这是怎么回事？

飞机在天上飞，突然没油了，什么东西先掉下来？

学贯古今

下列不是南唐后主李煜作品的是：

A. 春归何处，寂寞无行路。若有人知春去处，唤取归来同住。

B. 无言独上西楼，月如钩，寂寞梧桐深院锁清秋。

C. 林花谢了春红，太匆匆，无奈朝来寒雨晚来风。

D. 胭脂泪，相留醉，几时重，自是人生长恨水长东。

E. 人生愁恨何能免？销魂独我情何限！故国梦重归，觉来双泪垂。

答案

水。

这是运血车。

油表指针。

A。

O17　脑筋急转弯

张大妈家的母鸡一天下了 3 个蛋，这是为什么？

能让所有人都说它卫生的球是什么球？

可可来到一座大桥上，却发现桥下没有水，这是为什么？

有一辆没有开任何照明灯的卡车在漆黑的公路上飞快的行使，天还下着雨，没有闪电、没有月光也没有路灯；就在这时，一位穿着一身黑衣的盲人横穿公路！在这千钧一发之际，汽车司机紧急的刹车了，避免了一次恶性事故的发生。为什么会是这样？

学贯古今

在"夸父逐日"中，"夸父"是怎样追逐太阳的？

A. 驾车　　　　B. 骑马　　　　C. 奔跑　　　　D. 飞行

 有 3 只母鸡。

卫生球。

水都结成了冰。

漆黑的公路是公路的颜色，当时是白天。

C。

018 脑筋急转弯

下雨天没多少钱千万别出门？

学生考什么试最难作弊？

红豆家的小孩是谁？

早晨醒来，每个人都会做的第一件事是什么？

天天养的鸽子在露露家下了一个蛋，请问这个蛋应属于谁？

学贯古今

维纳斯是希腊神话中的什么神？

A. 智慧女神   B. 爱神和美神   C. 自由女神

三千万。没伞（三）千万别出门。

口试。

南国。红豆生南国。

睁开眼睛。

鸽子。

B。

019 脑筋急转弯

有一天飞机失事坠落。A 报纸报道只有一名乘客获救；B 报纸报道只有飞行员这一人生存。C 看了报道后觉得很奇怪，就打电话至两家报社询问，但是两家报社都没有误报。这到底是怎么一回事？

什么时候钟表走得最快？

天的孩子叫什么？

好心的约翰去世了，天使要带他上天堂，为什么他坚决不肯去？

大家都不想得到的是什么？

学 贯 古 今

《史记》中的"世家"是给什么人作的传？

A. 皇帝　　　　　B. 诸侯　　　　　C. 贵族　　　　　D. 重臣

乘客的职业是飞行员。

调表的时候。

我材。天生我材。

他有恐高症。

得病。

B。

020　脑筋急转弯

有一种布很宽也很好看，但是没有人用它做衣服，这是什么布？

为什么没有人愿意娶计生办的小吴做妻子？

美美和丽丽都喜欢打羽毛球，但由于她们都不喜欢对方，所以坚决不肯一起比赛，你有办法知道她们谁的实力更强吗？

牛的舌头和尾巴在什么时候遇在一起？

数字 0 到 1 之间加一个什么号，才能使这个数比 0 大，而比 1 小呢？

学贯古今

李清照的《如梦令》里的"绿肥红瘦"是描写什么季节的景象？

A. 晚春　　　　　　B. 盛夏　　　　　　C. 初秋　　　　　　D. 寒冬

> 瀑布。
>
> 他是男的。
>
> 再找一个人同她们比试。
>
> 餐厅里。
>
> 加一个小数点，变成 0.1。
>
> A。

O21　脑筋急转弯

上次灿灿过生日是 8 岁，下次他过生日是 10 岁，这是怎么回事？

为什么丫丫一天打了 20 支针？

小敏的生日在 3 月 30 日，你知道是哪年的 3 月 30 日吗？

为什么现代人越来越言而无信？

有一种水果，没吃之前是绿色的，吃下去是红色的，吐出时却是黑色的，请问是请问这是什么水果？

学贯古今

"名花解语"是用来形容什么的？

A. 女子非常美丽　　　　B. 花艳丽　　　　C. 花通人性　　　　D. 美女善解人意

这次过的是 9 岁的生日。

她是护士。

每一年。

因为打电话比写信方便。

西瓜。

D。

022 脑筋急转弯

有一只公狗死在沙漠中，经过检查发现，它并非死于饥饿和干渴，也不是因为疾病，那么，请问它为什么会死？

巧克力和西红柿打架，谁赢了？

不必花力气打的东西是什么？

什么事每人每天都必须认真地做？

一只狼钻进羊圈，想吃羊，可是它为啥又没吃羊？

学贯古今

"程门立雪"这个典故讲的宋朝的杨时，为了见名士程颐而在他家门前冒雪等待的故事，那么杨时等待的目的是：

A. 拜访　　　　　B. 请罪　　　　　C. 道谢　　　　　D. 辞别

答案

被尿憋死的，因为沙漠里没有电线杆。

巧克力。因为巧克力棒。

打哈欠。

睡觉。

羊圈里没有羊。

A。

023 脑筋急转弯

什么船最安全?

山坡上有一群羊,又来了一群羊。一共有几群羊?
一个职业登山运动员什么山上不去?

小丽和妈妈买了 8 个苹果,妈妈让小丽把这些苹果装进 5 个口袋中,每个口袋里都是双数,你能做到吗?

学 贯 古 今

"汗流浃背"的典故出自西汉周勃,他"汗流浃背"的原因是:

A. 衣服穿得太多   B. 劳动太卖力气

C. 打仗拼死厮杀   D. 答不出皇帝的问题

答案

停在海滩里的船。

还是一群呀!

刀山。

每条口袋各装 2 个苹果,最后将所有 4 条口袋装进第 5 条口袋。

D。

024 脑筋急转弯

早上八点钟，北上、南下两列火车准时通过同一条单线铁轨，为什么没有相撞呢？

平时吃晚饭都是爸爸洗碗，可今天爸爸为什么吃完饭却不洗碗？

有一只毛毛虫要过河，前面没有桥，请问它是怎么过去的？

海中绿洲，这是哪个城市？

人们甘心情愿买假的东西是什么？

学 贯 古 今

柳永词云："今宵酒醒何处？杨柳岸，晓风残月"，多么迷离伤感。请问，人们常提到的"杨柳"是指：

A. 一种树木的名称　　B. 两种不同的树木的名称　　C. 与树木无关

答案

因为日期不一样。

今天在饭馆里吃的饭。

变成蝴蝶飞过去的。

青岛。

假发。

B。

025 脑筋急转弯

一个人掉到海里，为什么他的头发没有湿？

什么东西人们都不想要？

森林中有十只鸟，小明开枪打死了一只，其他九只却都没有飞走，为什么？

熊为什么冬眠时会睡这么久？

学贯古今

西方童话中，猫头鹰常以最聪明的角色出现，是因为猫头鹰：

A. 头脑聪明　　　　　　　　B. 活得长久

C. 与人长得相似　　　　　　D. 经常保持思考的表情

 答案

因为他是光头。

病。

鸵鸟。

因为没人敢叫它起床。

B。

026 脑筋急转弯

是黑鸡厉害还是白鸡厉害？

什么东西越剪越大？

如果苹果没落在牛顿的头顶上，会落在哪里？

什么海最危险？

上化学课时，将氯化钡、硫酸铜、碳酸钙三样化学物质混合在一起，结果会怎么样？

兵强马壮的城市是哪里？

学贯古今

"东山再起"这个典故出自：

A. 曹操　　　　　B. 刘备　　　　　C. 谢安　　　　　D. 孔子

答案

黑鸡。因为黑鸡会下白蛋，白鸡不会下黑蛋。

洞。

地上。

死海。

会被老师批评。

武昌。

C。

027 脑筋急转弯

小黄买了 10 条金鱼放在鱼缸里，为什么 10 分钟后金鱼全死了？

外面下着倾盆大雨，有两个大人共撑一把伞在街上转来转去走了半天，却只有一个人弄湿了裤子，为什么？

你知道新华字典有多少个字吗？

买来煮了它，煮好丢了它，这东西是什么？

一个公鸡在尖尖的房子上下了一个蛋，它会往哪边掉呢？

学贯古今

"清明时节雨纷纷，路上行人欲断魂"。请问，我国对清明节有多种的称呼，下列哪一种不是？

A. 鬼节　　　　B. 死节　　　　C. 冥节　　　　D. 清明节　　　　E. 寒食节

答案

没放水。

另一人穿的是裙子。

4 个字。

药草。

公鸡是不会生蛋的。

E。

028 脑筋急转弯

老师说蚯蚓切成两段仍能再生，冰冰照老师的话去做，为什么蚯蚓却死了？

小波的一举一动都离不开绳子，为什么？

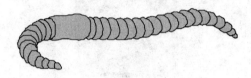

去动物园，看到的第一个动物是什么？

耶稣是哪国人？

学贯古今

"心比天高，身为下贱"是《红楼梦》中对谁的判词？

A. 晴雯　　　　　　　　B. 袭人　　　　　　　　C. 黛玉

竖着切的。

小波是木偶。

售票员。

天国。

A。

029 脑筋急转弯

请你解释：悲剧和喜剧有什么联系？

真金不怕火，它怕什么？

什么人最喜欢别人叫他滚？

自讨苦吃的地方在哪里？

一堆西瓜，一半的一半比一半的一半少半个，请问这堆西瓜有多少个？

一个瞎子射击一个帽子，怎么样一枪就中？

学贯古今

古代小说常用"沉鱼落雁，闭月羞花"形容女性之美，其中"闭月"是指：

A. 王昭君　　　　B. 杨玉环　　　　C. 貂蝉　　　　D. 西施　　　　E. 赵飞燕

 答案

不能让人笑的喜剧就是悲剧。

怕被人偷。

监狱里的囚犯。

药店。

两个。

把帽子挂在枪口上。

C。

030 脑筋急转弯

洋洋的口袋里共有10枚硬币，漏掉了10枚硬币后，口袋里还有什么？

有人说女人像一本书，那么胖女人像什么书？

有一样东西大力士永远也举不起来，那是什么呢？

有一种东西，上升的时候同时会下降，下降的同时会上升，这是什么？

什么东西力气再大的人也扛不起？

学贯古今

有一个很著名的"斯芬克斯之谜"，请你猜一猜：有一种动物，早上用四条腿走路，中午用两条腿走路，傍晚用三条腿走路。你知道这种动物是什么吗？

A. 一种鬼怪　　　　　　B. 一种远古动物　　　　　　C. 人类

答案

破口。

合订本。

他自己。

跷跷板。

罪名。

C。

031　脑筋急转弯

有一群人花了九牛二虎之力才造好一艘船，却不让这船下水，为什么？

洁洁吃麻辣面，加了胡椒又加辣椒，你猜他还会加什么东西？

上尉为何在训练新兵时让高大的站在前面，矮小的站在后面？

我和你爸爸的弟弟的儿子的同学的哥哥是什么关系？。

用三个 3 组成一个最大的数是哪个？

学 贯 古 今

"大珠小珠落玉盘"所形容的是什么乐器的弹奏声？

A. 琵琶　　　　　　　　B. 古筝　　　　　　　　C. 扬琴

宇宙飞船。

眼泪和鼻涕。

上尉以前是卖水果的。

没关系。

3 的 33 次方。

A。

032 脑筋急转弯

什么时候太阳会从西边出来？

为什么小桑吃葡萄不吐葡萄皮？

有爷俩，娘俩和兄妹俩，只有 6 个烧饼，但每人却分得了两个，这是为什么？

小刚从 5000 米高的飞机上跳伞，过了两个小时才落到地面，为什么？

学 贯 古 今

《孔雀东南飞》里，刘兰芝"十三能织素，十四学裁衣，十五弹箜篌，十六诵诗书"，请问，"箜篌"是什么乐器？

A. 拨弦乐器   B. 击弦乐器

 答案

发誓的时候。

吃的是剥皮的葡萄。

儿子、母亲、舅舅。

他挂在了树上。

A。

O33 脑筋急转弯

三个金叫"鑫"，三个水叫"淼"，三个人叫"众"，那么看到三个鬼应该叫什么？

有一位失眠者对医生说："我晚上睡不着觉，怎么办？"医生对他说："你从一数到一百，一直这样数下去，就能睡着。"可失眠者说："这是绝对不行的。"为什么？

哪个连的人员比一般连队的人员要多得多？

打狗要看主人，打虎要看什么？

学贯古今

我们常说"隔着门缝看人"，当我们隔着门缝看人时，看到的人：

A. 比原来扁了　　　　　　B. 和原来一样　　　　　　C. 比原来宽了

答案

> 叫救命。
> 失眠者是拳击手，数到 10 就会跳起来。
> 大连。
> 要看你有没有胆。
> B。

034 脑筋急转弯

每当第一缕阳光射进窗户时，小月就起床了，但家里人还是叫他"懒虫"，为什么？

群群家有一只白猫和一只黑猫，你猜哪一只不喜欢捉老鼠？

名画家塞尚在家里装了一个特制的"画框"，到了第二天，画框内的风景没变化，但原来画上的一对男女不见了，这是为什么？

小李有一次出差去办事，提早回来了，看见隔壁的小楼同自己的妻子睡在床上，小李为什么不生气？

学贯古今

"白雪公主"这个形象最早来自于：

A. 格林童话　　　　　　B. 安徒生童话　　　　　　C. 伊索寓言

他的房窗户朝西。

懒猫。

这个画框是窗子。

小楼是女的。

B。

035 脑筋急转弯

小勇有一瓶万溶胶，无论什么东西都能溶化，这可能吗？

北京城铁十号线开通后，每天人来人往，来往最多的是什么人？

印度洋的中间是什么？

小华在家里，和谁长得最像？

鸡蛋壳有什么用处？

学贯古今

"卧薪尝胆"说的是：

A. 夫差 　　　　　B. 范蠡 　　　　　C. 管仲 　　　　　D. 勾践

 答案

不可能，因为没有东西盛。

中国人。

度。

自己。

用来包蛋清和蛋黄。

D。

036 脑筋急转弯

世界上最小的岛是什么?

超人和蝙蝠侠有什么不同?

一座桥上面立有一牌,牌上写"不准过桥"。但是很多人都照样不理睬,照样过去。你说为什么?

袋鼠和猴子参加跳高比赛,为什么猴子一开始就赢了?

学贯古今

买椟还珠这则成语是用来比喻有些人_____。

A. 只注重事物外表,不重内涵

B. 为了赚钱不择手段

C. 善于掩盖事物本质

马路上的安全岛。

一个内裤穿外面,一个穿里面。

这座桥的名字叫"不准过桥"。

袋鼠双脚起跳,犯规。

A。

第 **4** 章

创新力训练

001 脑筋急转弯

元帅比将军高一个等级，什么时候元帅和将军平等？

什么东西掉进水里不会湿？

你每天都能看见的最大的影子是什么？

积木倒了要重搭，房子倒了要怎样？

小军、小明是邻居，同楼同班又是同桌，天天一起去上学。可是，一个出门往左拐，一个出门往右拐，为什么？

学 贯 古 今

神话《白蛇传》中"白娘子盗仙草"盗的是：

A. 人参   B. 冬虫夏草   C. 灵芝

 答案

在象棋里。

影子。

黑夜，地球的影子。

要逃命。

他们是对门邻居。

C。

002 脑筋急转弯

黑手党为什么喜欢戴白手套？

草地上画了一个直径十米的圆圈，内有牛一头，圆圈中心插了一根木桩。牛被一根五米长的绳子拴着，如果不割断绳子，也不解开绳子，那么此牛能否吃到圈外的草？

哪一种竹子不长在土里？

中国古贤人曾将蓝色外衣，浸泡于黄河中，结果产生何种现象？

学贯古今

杜甫诗云，"晓看红湿处，花重锦官城"；李白诗云，"锦城虽云乐，不如早还家"。请问，成都为什么又叫做"锦城"或"锦官城"？

A. 因蜀锦而得名　　　　　　　　B. 因锦江而得名

因为手太黑。

能。因为题中并没说牛被拴在木桩上。

爆竹。

衣服沾湿了。

A。

003 脑筋急转弯

我们都知道把一只大象放进冰箱里分三步：1把冰箱门打开；2把大象放进去；3把冰箱门关上。那么，请问把长颈鹿放进冰箱里分几步？

有一天老张去集市买小鸡，转了半天买了10只公鸡10只母鸡，回家的路上，不知想起了什么赶紧又跑到集市上买了5只公鸡5只母鸡，为什么？

张飞的母亲姓什么？

世界上人口最多是哪个国家？

什么样的腿最长？〔打一成语〕

学贯古今

"初出茅庐"中的"茅庐"本意是指谁的住处？

A. 刘备   B. 诸葛亮   C. 司马光   D. 司马迁

    四步：1把冰箱门打开；2把大象拿出来；3把长颈鹿放进去；4把冰箱门关上。

    喂（为）小米啊。

    姓吴（解：无事生非）。

    联合国。

    一步登天。

    B。

004 脑筋急转弯

开什么车最省油？

比细菌还小的东西是什么？

你跑步超过了第二名，你是第几名？

哭和笑有什么共同之处？

有一个女生，她可以不洗澡、不换衣服，但她的衣服是世界最贵的，请问他是谁？

学贯古今

"采菊东篱下，悠然见南山"的生活方式被现代人向往。请问：被称为"菊月"的月份是：

A. 八月　　　　　　B. 九月　　　　　　C. 十月

答案

开夜车。

细菌的孩子。

第二名（一般人答第一）。

都是10笔画。

她是自由女神。

B。

005 脑筋急转弯

甲、乙、丙、丁、戊、己、庚、辛，那一个字最酷？

A 和 C 谁高？

吃什么东西最麻烦？

能使我们的眼睛透过一堵墙的是什么？

有个人不是官，却负责全公司职工干部上上下下的工作。这个人是干什么的？

什么果不能吃？

学贯古今

以下哪件事是《水浒》中梁山好汉武松所为？

A. 倒拔垂杨柳　　　　　B. 汴京城卖刀　　　　　C. 醉打蒋门神

丁（丁字裤）。

C 高。因为 ABCD（A 比 C 低）。

吃官司。

窗户。

开电梯的。

后果。

C。

006 脑筋急转弯

什么地方爱好斗牛？

小白手拿一个橙子往窗外抛，途中那个橙子没有接触到任何物件，只穿过窗口后便回到小白的手中，请问这是为什么？

什么人会有好报？

如何将你的右手放在左裤兜里，左手放在右裤兜里？

小王天生力气大，一次打羽毛球由于力气过大，球打出后5分钟才落地，可能吗？

学贯古今

什么时候适合用"七月流火"来形容？

A. 炎炎夏日 　　　　　B. 夏去秋来

C. 春去夏来 　　　　　D. 秋去冬来

 答案

好望角。

那个窗是天窗。

卖报纸的。

将裤子反着穿。

可能，球被打到树上了。

B。

脑筋急转弯

时钟什么时候不会走？

一个人不小心后脑勺磕了一个大包，那他这天怎么睡觉？

梁山伯和祝英台变成了比翼双飞的蝴蝶，之后怎样了？

什么人始终不敢洗澡？

什么交通工具速度越慢越让人恐惧？

什么东西你有，别人也有，虽然是身外之物，却不能交换？

学贯古今

京剧中，饰演性格活泼、开朗的青年女性的应是：

A. 青衣　　　　　　　B. 花旦　　　　　　　C. 彩旦

时钟本来就不会走

闭上眼睛睡觉。

生了很多小毛毛虫。

泥人。

正在飞行的飞机。

姓名。

B。

oo8 脑筋急转弯

什么车子寸步难行？

小安正在看电视，电视机似乎有故障了，有影像却没有声音。但是，电视节目里的人物说话的内容，他知道得一清二楚。他以前并没有看过这个节目，当然也不会读唇术，节目中也没有手语翻译。为什么他会知道呢？

冶金学。〔打一本书（小说）名〕

阿呆从热气球上掉下来，却没有受伤，为什么？

学 贯 古 今

在《精卫填海》的故事里，"精卫"是：

A. 一个人　　　　　　　　　　　B. 一只鸟

C. 一只猴子　　　　　　　　　　D. 一条龙

 答案

风车。

有字幕。

《钢铁是怎样炼成的》。

因为热球就在地面上。

A。

009 脑筋急转弯

当你捏着自己的鼻子时，你会看不到什么呢？

用什么来判断鸡的年龄？

怎么才能把不知道变为知道呢？

有一死刑犯，在执刑时挨了两枪还未死，等挨了第三枪才死，为什么？

养过电子鸡和电子狗的人，会有什么感受？

学贯古今

中国旧时流行的《百家姓》始写于：

A. 北宋　　　　　　　　　B. 唐朝　　　　　　　　　C. 春秋

 答案

鼻子。

牙齿。

把不去掉。

他里面穿着三枪牌内衣。

鸡犬不宁。

A。

010 脑筋急转弯

长安一片月，是什么字？

海水为什么是咸的？

专爱打听别人事的人是谁？

能否用树叶遮住天空？

一头牛，向北走10米，再向西走10米，再向南走10米，倒退右转，问牛的尾巴朝哪儿？

名人讲堂

数学家高斯被誉为"数学王子"，但不是所有人都对他能得到这一美称而心悦诚服。有一天，一个自诩为天才的傲慢青年来找高斯，妄图出一道题难倒高斯，以此夺走他"数学王子"的称谓。他拿出A、B、C、D、E、F六块拼板，让高斯选出两块拼成上面的图形。高斯一眼便发现了其中的诀窍，并想出了三种拼法。那个青年自知冒失，便灰溜溜地走了。请问高斯是怎么拼的呢？

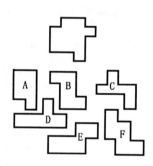

答案

胀。

鱼流的泪太多了。

记者。

能。只要用树叶盖住眼睛。

朝地。

如下图所示。

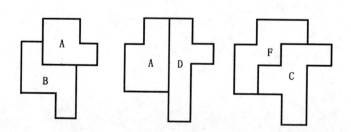

011 脑筋急转弯

世界上除了火车外，什么车最长？

四个人在一间小屋里打麻将（没有其他人看），这时警察来了，四个人都跑了，可是警察到了屋里又抓到一个人，为什么？

为什么黑人喜欢吃白色巧克力？

针掉到大海里怎么办？

开心加油站

学生："老师，我梦见自己成了作曲家。请问，我怎样才能把梦变为现实？"

老师："少睡觉！"

汤米："老师，拉宾刚才骂我，让我见魔鬼去。"

老师："那么，你做了什么？"

汤米："我就到这儿来了，老师。"

答案

塞车。

四个人在屋里打一个叫"麻将"的人，警察抓到的是他。

害怕咬到自己的手。

再买一根。

012 脑筋急转弯

有一个人走在沙滩上，回头却看不见自己的脚印，这是怎么回事？

为什么一只候鸟从南方飞到北方要用一个小时，而从北方飞到南方则需两个半小时？

白天，孩子为什么总是贪玩？

名 人 讲 堂

杜登尼是数学天才，这是他提出的一个非常难解的七边形谜题。请在下图圆圈中填入 1 到 14 的数字（不能重复），使得每边的三个数字之和等于 26。

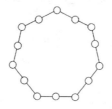

答案

因为他倒着走。

两个半小时就是一个小时。

晚上孩子要睡觉了。

如下图所示。

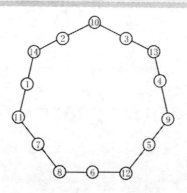

脑筋急转弯

为什么方方吃牛肉面不见任何牛肉？

为什么拿破仑的字典里没有一个难字？

丁丁养了 10 头牛，为什么只有 19 只角？

火眼金睛

根据规律，"?"处填什么字母能完成这个圆盘？

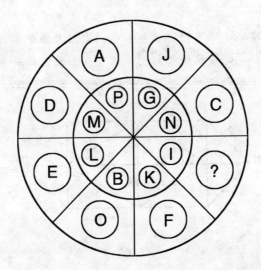

答案

方方吃的是牛肉泡面。

他用的是法文字典。

其中一头是犀牛。

H。按字母在字母表中的正数序号计算，每个外层字母与内层字母的

序号之和为均 17。

O14 脑筋急转弯

迈克跑得最快，为什么他的领导还要批评他？

两人一个面朝南，一个面朝北，他们不回头，不走动，不照镜子，能否看到对方？

什么花只可远观？

小试牛刀

威尼斯是世界著名的水城，城内河流密布，人们出门大多坐船。由于各条河上的船只种类不同，所以船费也不一样，每条路线都标明了船费。如果选择一条从甲地到乙地最省钱的路线，你能将这条路线在下图中标出，并算出最低的船费是多少吗？

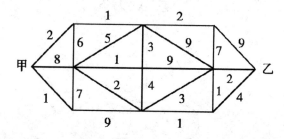

答案

逃跑。

能。因为他们面对面站着。

烟花。

最省钱的路线如下图所示。最低的船费是 13。

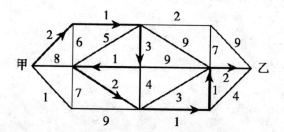

015 脑筋急转弯

玻璃杯不是木头做的，可为什么"杯"字是"木"字旁？

为什么李大牛从来都不用筷子、勺或叉吃饭？

什么人骗别人也骗自己？

什么字全世界通用？

火眼金睛

请问将哪个数填在最后一个圆环里才完成谜题？

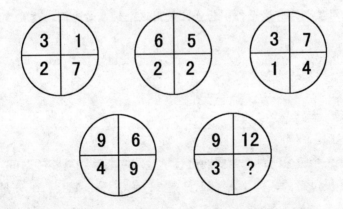

答案

旁边不还有一个"不"嘛。

李大牛不是人。

骗子。

阿拉伯数字。

6。因为第二行圆中左侧数字是第一行第一个圆左侧与中间圆中对应数字之和；第二行圆中右侧数字是第一行中间圆与第三个圆右侧中对应数字之和。

016 脑筋急转弯

什么时候看到的月亮最大？

哪颗牙最后长出来？

蓝兰并没生病，但她为什么整个晚上嘴巴一张一合？

什么最会弄虚作假？

小试牛刀

帆帆的爸爸喜欢收藏一些稀奇古怪的东西。有一次，帆帆进入爸爸的书房，看到桌上的时钟显示 12 点 11 分。20 分钟后，他到爸爸的书房去，却看到时钟显示为 11 点 51 分。帆帆觉得很奇怪，40 分钟后他又去看了一次钟，发现它这一次显示的是 12 点 51 分。这段时间没有人去碰时钟，房间里也只有这个钟，爸爸又是用这个钟在看时间，这究竟是怎么回事呢？

答案

登上月球时。

假牙。

她吃瓜子。

魔术师。

这是一个镜像时钟，需要通过镜子映照才能看到真实的时间。事实上，数字都是反过来的，即 12 点 11 分是 11 点 51 分、11 点 51 分是 12 点 11 分、12 点 51 分正好也是 12 点 51 分。

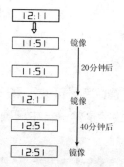

O17　脑筋急转弯

一个病人到医院去做健康检查，医生说："你离我远一点。"请问这病人得了什么病？

哪种火车车厢最少？

豆豆出生才三个月就会走路，为什么？

双目失明的盲人小峰，走到一处未加盖的下水道洞口前，为什么没有失足掉进洞里，而是转身往回走呢？

开心加油站

"本台最新消息，向阳路发生一起恶性伤人事件，两名歹徒打伤我110名干警，夺路而逃……"播完之后，播音员自己都觉得纳闷：这歹徒也太嚣张了，居然打伤了一百多个警察，还能夺路而逃，难道是武林高手？再仔细看，才发现自己搞错了，稿子上写的是"110干警"。

答案

斗鸡眼

救火车。

豆豆是小狗。

没带拐杖，回去拿。

018 脑筋急转弯

一只苹果减去一只苹果，打一个字。

什么房子失了火不见有人跑出来？
一直健壮的鸭子为什么在河里淹死了？

火眼金睛

下面 A、B、C、D 四幅有趣的图分别是我国的四个省份，请你根据这些图的外形把它们辨认出来。

A   B   C   D

答案

零。
太平间。
想不开自杀了。
A 是江苏，B 是江西，C 是浙江，D 是山东。

019 脑筋急转弯

梁家有三个女儿，大女儿、二女儿、三女儿谁的身材最辣？

张老太太经常把嘴巴张开做痴呆状，家人劝她闭起来，免得苍蝇飞进去，为什么她坚持不闭？

什么东西能大能小？

萧然拿了 100 元去买一个 75 元的东西，但老板只找了 5 元给他，为什么？

小试牛刀

把一张普通的书写纸卷成筒状，将左手平放在纸筒的左边。两只眼睛都睁开，然后用右眼往里面看。请问你会发现什么？

大女儿。姜还是老的辣。

让苍蝇飞出去。

心眼儿。

他给老板 80 元钱。

你会发现左手的掌心好像有一个洞。这是一个错觉。因为右眼只看到了纸筒的里面，而左眼却看到了一只平平的手掌，两只眼睛所接受的影像，将在大脑里合成为一个立体影像。

O2O 脑筋急转弯

一个农场里没有鸡，为什么有蛋？

美丽的公主结婚以后就不挂蚊帐了，为什么？

假如两个是一对，三个是一伙，那么四个和五个呢？

在公共汽车上，有两人正热烈地交谈，可周围的人一句话也听不到。这是为什么？

一个人为什么经常从 10 米多高的地方往下跳？

开 心 加 油 站

在某大学进修中文的一外国女学生用成语"一见钟情"造句："昨晚做好全部功课，我一见钟，情不自禁地叫了起来！""不对，不能将成语拆开。"年轻的男教师纠正道。"今晨我到校一见钟情，就向她问好。""词不达意，还是不对。"她望着男教师又说："我对您一见钟情……""这次对啦！啊？不对……"男教师红着脸说，"句子对了，对象不对。"

有鸭子下蛋。

嫁给了青蛙王子。

一群。

他们用手语交谈。

跳水运动员。

O21 脑筋急转弯

北极熊看起来行动迟缓，捕捉猎物时动作却很敏捷。但是，它抓不到刚出生的企鹅。你知道这是为什么吗？

《狼来了》这个故事告诉我们什么？

老王已年过半百，为什么总爱围着女人转？

小 试 牛 刀

请问在下面"T"形图的问号处应填哪个数字？

3	6	2		4	5	1		6	4	5		3	7	8
	18				20				24				21	
	12				5				20				?	

企鹅在南极，北极熊在北极。

谎话只能说两遍 。

他是化妆品推销员。

56。每个图形中，竖排第二个数字是横排左侧数字与中间数字之积。

竖排第三个数字是横排右侧数字与中间数字之积。

022 脑筋急转弯

进什么地方没有人或动物逗人笑，人们也爱笑？

李先生带了这外国制的高级新伞到公司来，回去时伞却不见了。李先生不但不难过，反而很高兴的样子。这究竟是为什么呢？

孙女士拿着针到处刺人，为什么没有人责怪她，反而感谢她？

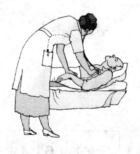

学贯古今

人们把非常了解自己的人称为"知音"，"知音"一词源于哪两个人的情谊？

A. 梁山伯与祝英台　　B. 俞伯牙和钟子期

答案

照相馆。

卖伞的。

针灸医生。

B。

023　脑筋急转弯

三个荷包蛋分给三个人吃，每个人都吃了一个蛋黄，却还剩下一个蛋黄，为什么？

有没有外星人到过月球？

思思最喜欢看书，每次都自己一个人去图书馆，借书回家看。这天，她却要爸爸陪她一起去。认识思思的人问她："今天怎么要爸爸陪呢？"思思说她这回想借的书没有父母陪同就无法借出。我们知道思思借书的这家图书馆，并不要求小孩要有家长陪同才能借书。那么思思这回想借的是一本什么样的书呢？

小试牛刀

下图这个造型美观的花瓶是由一位技术高超的工匠用旁边的碎瓷片拼成的。请你仔细观察后，在碎瓷片上写上对应的编号。

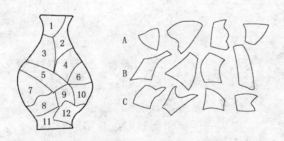

有一个双黄蛋。

有，地球人。

这本书重得她自己搬不动。

A：6、7、8、1；B：2、3、4、5；C：12、11、10、9。

024 脑筋急转弯

晚上一有人经过小明家门外，看门狗就会叫上一分钟，昨晚有三个人经过，狗只叫了两分钟，这是为什么？

某条道路旁的告示牌写着："看这个告示的人，绝对做不到。"这是一个宣传交通安全的告示牌，上面究竟写了什么呢？

一个聋哑人到五金商店买钉子，他把左手的食指和中指分开做成夹着钉子的样子，然后伸出右手做锤子状。服务员给他拿出锤子，他摇了摇头，给他拿来钉子，他满意地买了。接着来了一个盲人，请问，他怎样才能买到剪子？

学贯古今

蜂蜜不宜在下面哪种容器中存放？

A. 玻璃瓶 　　　　　　　B. 铁罐 　　　　　　　C. 陶瓷罐

 答案

两个人是同时经过的。

不要往旁边看。

盲人会说话，告诉服务员他要什么就行。

B。

025 脑筋急转弯

有一次，武奶奶买了一只狗，买了一篮子骨头，她休息时，用一根 5 米的绳子将狗拴在路边树上，将骨头放在离狗 8 米的地方，但过了一会儿，她发现骨头被狗叼走了，你知道为什么吗？

有一个专门收藏世界名画的美术馆，替每张画都投了巨额保险以防失窃，但是只有一幅画完全没有投窃盗险。那是非常有名的画家画的一幅画，也是美术馆数一数二的热门展示品。为什么没有投保呢？

学贯古今

"成也萧何，败也萧何"说的是谁的经历？

A. 刘邦　　　　　　B. 项羽

C. 韩信　　　　　　D. 张良

 答案

被别的狗叼走了。

壁画。

C。

026 脑筋急转弯

"好马不吃回头草"最合乎逻辑的解释是什么?

世界上什么没有标价?

什么人希望孩子越多越好?

人们经常不知不觉地画了箭头,那是什么时候?

為什么男人和女人会分手?

小明只会花钱,天天花很多钱,可最后却成了百万富翁,为什么?

学 贯 古 今

"司空见惯"中的"司空"是指:

A. 唐代一位诗人   B. 唐代一位高僧   C. 一种官职

答案

后面的草被吃光了。

情意。

玩具制造商。

写"个"字的时候。

因为男女有"别"。

以前是亿万富翁。

C。

027 脑筋急转弯

什么问题知道的人却回答"不知道"？

龙生的儿子和狗生的儿子有什么不同？

报纸上什么字看得人最多？

为什么刘备三顾茅庐诸葛亮才肯见他？

有座黄牛石雕，牛头在斌斌的左边。现在斌斌迫切希望牛头能在自己的右边，但又无法移动沉重的石雕。你说斌斌应该怎么办？

小试牛刀

下图为一座城堡的俯视图。城堡的主人在城堡的每面都派有 3 名士兵日夜巡逻，自己则在城堡内通过四面的窗口监督士兵们的表现，这个差事令 12 个士兵叫苦不迭。后来，他们想出了一个办法，既可以节省人力，又可以让城堡的主人看到每面仍是 3 个人。

想一想：他们是怎样做的？

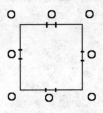

答案

回答"不知道"怎样读时。

一个是太子，一个是犬子。

报名。

前两次没带礼物。

走到牛的左边去。

如下图所示。

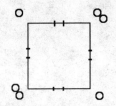

028 脑筋急转弯

你说的什么话你自己听不见？

某家医院的医生在看病时，绝对不向患者本人询问病情，一定询问陪同前来的人。为什么呢？

两只壁虎爬墙比赛，中途，快的那只没抓稳掉了下来，奇怪的是另一只也跟着掉了下来，为什么？

考试时，阿财一题都不会写，但是为什么突然眼睛一亮，开始振笔疾书？

高考发榜了，为什么志明榜上无名却一点也不难过？

学贯古今

"东床快婿"原本是指：

A. 司马相如   B. 王羲之   C. 刘邦   D. 诸葛亮

梦话。

这是儿童医院。

另一只因太开心了所以鼓起掌来，结果也掉下来了。

他在写班级、座号、姓名。

因为志明还在念小学。

B。

029 脑筋急转弯

王阿姨有2个儿子。一天，她买了半个西瓜，一路上都在想怎样平均分西瓜，总也想不出好办法来。在门口，邻居刘大妈只说了3个字，王阿姨就愁眉舒展了。你知道刘大妈对王阿姨说了什么吗？

中国国内盛产什么？

人们做什么事最怕中断？

俊俊逢人便夸口说，自己班上全都是第一名的优等生。俊俊的班级并非只有一名学生，但是他也的确没有说谎，你能想象这到底是什么样的情况吗？

为什么吃完晚餐后，全家人都喜欢坐在电视机前看电视？

学贯古今

长长身体两排脚，阴湿暗地是家窝，

剧毒咬人难忍痛，治病倒是好中药。（猜陆上动物）

榨成汁。

玉。

做梦。

都是以第一名的成绩考入学校的。

因为不能坐在电视机上。

蜈蚣。

第 5 章

思维拓展

001 脑筋急转弯

自古以来男人都称女人是"祸水",可为什么男人还是要娶女人呢?

小江可以金鸡独立地站两个小时以上,为什么双脚却无法在一张报纸上站一分钟?

学贯古今

俗话说:"没有规矩,不成方圆。"你知道规和矩是什么东西吗?

A. 尺子　　　　　B. 鞭子　　　　　C. 绳子　　　　　D. 方、圆的校正器

答案

因祸得福。

报纸放在墙角。

D。所谓的规,就是一种玉制的尺子;而矩是一个最基本的测量工具。中国是一个讲规矩的国家。规矩的直接含义就是圆规直尺,而延伸的意义就是指法规和准则。

002　脑筋急转弯

在没有钟表的山村，有个姓王的农民养了很多鸡，可这些鸡却不报晓，为什么呢？

谁知道天上有多少颗星星？

麦麦才 10 岁，为什么经常掉头发？

什么贼不偷东西，但是最遭人痛恨？

小 试 牛 刀

如下排列的 9 个点，你能一笔用四条直线，拐三个弯将它们连在一起吗？

```
· · ·
· · ·
· · ·
```

 答案

他养的都是母鸡。

许多颗。

去剪头发。

卖国贼。

如图：

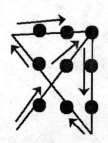

OO3 脑筋急转弯

在旅行社上班的小钱被公司派为巴黎旅行的随车导游。小钱只会意大利语，但他竟能顺利完成使命，而且沟通无阻。为什么？

倩倩问爸爸一个问题，爸爸很烦，倩倩生气地打破了沙锅，为什么？

一起命案现场没有线索，也没有目击者，但警察没费吹灰之力就破案了，为什么？

学贯古今

"冬天到了，春天还会远吗"是谁说的？

A. 席勒　　　　B. 雪莱　　　　C. 歌德　　　　D. 徐志摩　　　　E. 舒婷

答案

他是法国人，法语是他的母语。

只有打破砂锅才能问到底。

凶手自首了。

B。

004 脑筋急转弯

一只小鸟在树上拉了一点屎，滴到了小丽的头上，小丽没有洗头擦头，头却不脏了，为什么？

小丽夜里一个人睡觉时，肚子突然被人踢了一下。她醒来后，不但不惊讶喊痛，反而露出微笑。这究竟是为什么呢？

什么果不能吃？

你只要叫它的名字就会把它破坏，它是什么？

一个身体很正常的人在台灯下看书，突然全城停电了，他却对此无动于衷，继续坐着看书，这是为什么？

学贯古今

"露马脚"这个典故说的是古代哪位夫人？

A. 孙权的夫人   B. 刘备的夫人

C. 朱元璋的夫人   D. 诸葛亮的夫人

剪了头发。

她是孕妇，胎动。

恶果。

沉默。

他看的是盲书。

C。

OO5　脑筋急转弯

有一个地方专门教坏人，但没有一个警察敢对它采取行动，这是什么地方？

妈妈问 5 个同样的问题，小丽都做出了正确回答，但为什么每个答案都不同？

魏新新是某公司的上层主管，有一次怕赶不上公司的会议，她从车站一直向公司跑。马上就到了，她突然不跑了。她的身体没出毛病，会议也照常进行，为什么不跑了呢？

小 试 牛 刀

有一个院子里住了三户人家。这三户人家的关系简直坏透了，互相不说话，而且谁也不想看到谁。

他们想各走各的门，也就是像下图所画的那样，A 走 A 门，B 走 B 门，C 走 C 门。为了避免相遇，他们走的路也不能交叉，那么，他们该怎样走才好呢？

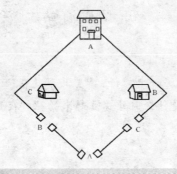

　　　　　　　　　监狱。

　　　　　　　　　妈妈问的是时间。

　　　　　　　　　因为她进了电梯。

　　　　　　　　　如下图所示。

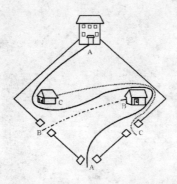

006 脑筋急转弯

为什么有人说：世界上分配得最公平的东西是"良心"？

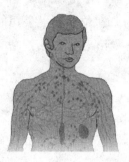

生米煮成熟饭怎么办？

开 心 加 油 站

语文课上，老师给学生们讲了一个谚语："罗马不是在一个白天就能建成的。"历史课上，老师向学生们提问："罗马帝国是什么时候建立起来的？""夜里！"

每个人都说自己有良心。

吃掉。

007 脑筋急转弯

一个凶猛的强盗上了车，为什么突然变得老实了？

什么人能享受免费旅游？

为什么青蛙跳得比树高？

三心二意的人是什么人？

80厘米长的红螃蟹和30厘米长的黑螃蟹比赛跑步，谁会赢？

学贯古今

游泳可以锻炼身体，却很容易使耳朵进水，进水后应该：

A. 让进水的耳朵朝下，另一条腿抬起单跳。

B. 用手掏耳朵，把水掏出来。

答案

警车。

孕妇肚子里的胎儿。

树不会跳。

多心的人，因为那个人有三颗心。

黑螃蟹。因为红螃蟹是煮熟的。

A。

008 脑筋急转弯

一头小猪卖200元，为什么两头小猪却可以卖几万元人民币？

一个人，一只船，一只狗，一只兔子，一棵白菜，这个人要把这三样东西，运到河那边，先送哪两个？

小 试 牛 刀

由10个硬币排成一个三角形，你能否只移动其中的3个，就让三角形上下颠倒呢？

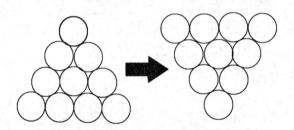

答案

因为长了两个头的小猪实在罕见。

先送狗和白菜。

如下图所示。

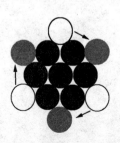

009 脑筋急转弯

人为什么喜欢往上爬?

大象的长鼻子是怎么长成的?

一艘船最多能承载 50 个人,现在已经坐了 49 个人了,又来了一个人,那艘船却沉了,为什么?

火眼金睛

某富翁将自己的独女视为掌上明珠。但不幸的是,有一天她被人绑架了。数日后,尸体被附近一幢别墅的户主发现。

这位户主说:"我是做船务生意的,经常外出。我爱人和孩子在国外,这里大概有两年多没住人了。昨晚我才返港,早上特地来这里取一些衣服,打算寄给我爱人。没想到,在衣柜内竟发现了这具女尸。不过,绑匪似乎对这里的环境很熟。我希望尽早查个水落石出!"

警方听完他的供词,又将衣柜检查了一遍,发现衣柜里放了不少樟脑丸,随即逮捕了别墅户主。你知道原因吗?

答案

因为人是猴子变的。

出生时就有。

因为那是潜水艇。

因为衣柜里放有樟脑丸。如果真像别墅主人所说,已两年没有在这里住过,那么放在衣柜内的樟脑丸早已挥发完了。

010 脑筋急转弯

有一个人饿得要死，而冰箱里有鸡肉、鱼肉、猪肉等罐头，他先打开什么？

小赵的哥哥说他可以一次放十万风筝，他并没有吹牛，请问他是怎么办到的？

一个问题尽管非常简单，却很少有人能答出来：一个农夫买了一头牛，这头牛有两只耳朵、四条腿，还有一条尾巴，请问喂什么？只照着上面的表述就行了，不要做过多的解释。

学贯古今

电脑的哪个部位辐射最强？

A. 正面　　　　　　　　B. 侧面　　　　　　　　C. 背面

先打开冰箱。

风筝上写十万。

喂草。

C。电脑辐射最强的是背面，其次为左右两侧，正面辐射最弱。专家建议，电脑使用者与显示屏保持的距离应不少于 50 厘米，与电脑两侧和后部保持的距离应不少于 120 厘米。在办公室使用的电脑，前后、左右距离应保持要求的距离。

011 脑筋急转弯

一根绳子被一刀割断了，但它仍是一根完整的绳子。这是为什么？

有一件事，你明明没有做，却要受罚，这是什么事？

晶晶乘电梯上 14 楼，中间没有停，用了 1 分钟；下楼时中间也没有停，却用了 5 分钟。这是怎么回事？

学 贯 古 今

"有缘千里来相会"常用来形容婚恋、交友要讲求机缘。这个"缘"是由什么演化而来？

A. 圆   B. 源   C. 园   D. 猿

 答案

原来是圆形的。

没有做作业。

他是走下楼的。

D。

012 脑筋急转弯

诸葛亮临死前说了一句什么话？

动物园的大象死了，为什么管理员哭得死去活来？

为什么现在的猴子越来越少了？

开 心 加 油 站

坐在小酒店里的一个醉鬼，看到一个家伙胳膊下夹着一只鸭子走进来，就问："你和那只猪在一起干吗？"

那家伙说："这不是一只猪，是一只鸭子。"醉汉立刻顶了回去："我是对鸭子说的。"

答案

中国话。

因为他想到挖这么大的坑，可能会累死。

都变成人了。

013 脑筋急转弯

小明整天说个不停，为什么今天一句话也不说了？

王老板养了一些红金鱼和一些黑金鱼，他发现红金鱼吃掉的鱼食是黑金鱼的 2 倍，这是什么原因？

语言天才和计算机专家结婚，将来生出来的儿子长大后会成为什么人？

小 试 牛 刀

10 只杯子排成一排，左边 5 只盛满水，右边 5 只空着，请你在仅动 4 只杯子的条件下，使 10 只杯子变成满杯与空杯相间排列。如果只动 2 只杯子，你还能使它们相互间隔吗？

今天一直在睡觉。

红金鱼的数量是黑金鱼的两倍。

大人。

动 4 只杯子：将 2 与 7、4 与 9 互相交换位置。

动 2 只杯子：将 2 和 4 两只杯子里的水倒进 7 和 9 两只空杯里就行。

014 脑筋急转弯

某电影院正上映一部幽默动作喜剧片。奇怪的是，该剧男主角越是搞笑，台下观众越是悲伤落泪，这到底是怎么回事呢？

在法国的海滩，掉进海水里的人为什么最好不要喊"救命"？

什么门不要敲？

有一个小圆孔的直径只有 1 厘米，而一种体积达 100 立方米的物体却能顺利通过这个小孔，那么它是什么物体呢？

学贯古今

"入木三分"这个典故原意用来形容：

A. 文章深刻   B. 雕刻技术高

C. 书法笔力强劲   D. 射箭本领高

该剧的男主角去世了。

法国人不懂汉语。

厕所。

水。

C。

015　脑筋急转弯

小明从六楼向下跳，为什么没有受伤？

上课时，老师问同学："没有人类及动物居住的地球是什么呢？"小名很快便答对了。你知道他的答案是什么吗？

什么地方盛产安哥拉兔毛？

名人讲堂

有一次，马克·吐温与一位夫人对坐聊天。马克·吐温对这位夫人说："你真漂亮。"夫人高傲地回答："可惜我实在无法同样地称赞你。"对于夫人的傲慢无礼，马克·吐温毫不介意地笑笑说："没关系。"接着，马克·吐温用一句话就委婉地否定了自己刚才的话。你知道他是怎么说的吗？

他向房间里跳的。

地球仪。

安哥拉兔身上。

马克·吐温说："夫人，只要像我一样说假话就行了。"

016　脑筋急转弯

为什么金鱼看上去老是傻乎乎的?

一个老爷爷要过桥,前面是狼,后面是虎,老爷爷该怎么过去?

你爷爷的儿子的爸爸的妈妈的姑姑的小姨的叔叔的大伯跟你是什么关系?

一个长方体盒子,有 8 个角,12 条棱,请问这个长方体盒子从中剪切开,还剩几个角,几条棱?

开 心 加 油 站

纽约街头,一个乞丐中暑晕倒,路人围拢过来,议论纷纷。

"这个人真可怜,给他杯威士忌吧。"一位老太太说。

"还是把他抬到荫凉的地方,让他歇歇吧。"另一个人说。"让他喝点威士忌保管就没事了。"老太太坚持己见。

"应该送他到医院去才对。"又有人提出异议。

"给他点威士忌,没错。"老太太还是这句话。

中暑的人突然翻身坐起,大喊道:"你们别多嘴了!怎么不听老太太的话呢?"

答案

它脑袋里灌水了。

晕过去。

亲戚。

还有 8 个角,12 条棱。

017 脑筋急转弯

读一年级的东东没有学过外文，为什么也会写外国字？

什么照片看不出照的是谁？

有一种书从不单独卖给别人，你知道它是什么书吗？

一个人有一个，全国 13 亿人只有 12 个，这东西是什么呢？

想使梦成为现实，人们要干的第一件事会是什么？

学贯古今

为什么夫妻中女方将男方称作"丈夫"？

A. 男人都好斗，喜欢打仗。

B. 男人作为劳动力要丈量土地。

C. 男人身高约一丈（古时长度单位）。

答案

他写的是阿拉伯数字。

X 光。

说明书。

十二生肖。

醒过来。

C。古人称八寸为一尺，十尺为一丈，十尺之男人称丈夫。但并非皆以尺测量，仅仅是以此形容大气的男人为丈夫或大丈夫，反之则蔑视其为"小人"。

018 脑筋急转弯

遇到什么鬼不用怕？

把什么东西打破了不会受到处分，反而会得到奖励？

在罗马数字中，"零"该怎么写？

有一种官不仅不领工资，还要自掏腰包请客吃饭，这是什么官？

怎样才能最快成为一个完全讲外语的人？

学贯古今

"打蛇打七寸"的七寸是指：

A. 心脏   B. 脊柱

 答案

胆小鬼。

破纪录。

罗马数字中没有零，只有 0。

新郎官。

去外国。

A。

019　脑筋急转弯

有一种人爱戴帽子，头上却没有帽子，这是什么帽子？

一个冬天，老李坐大客车回家，车里人爆满。老李忍不住放了一个没声的屁，非常臭，乘客们都不知道是谁放的屁。但售票员对乘客们说了一句话，人们就马上知道了是谁放的屁。那售票员说了什么呢？

能把世界上所有景物都装进去的球是什么球？

学贯古今

看不见，摸不着，没有脚，跑得快，一去不回头，不是黄金似黄金。（打一自然物）

答案

高帽。

放屁的人买票了吗。

眼球。

光阴。

020　脑筋急转弯

为什么老师一看到小宝就知道他爸爸是左撇子？

你打死了一个动物，为什么流的是自己的血。

电脑与人脑有什么不同？

在香港生活的人，是不是可以埋葬在广州呢？

阿强和阿燕裸体死在一间密室中，现场只留下一滩水和一些碎玻璃，请推测他们的死因？

开心加油站

父亲在游戏厅门前看到儿子，生气地说："你一点儿也不知道学习，光会打游戏，我十回有九回都在这儿看见你！"儿子说："那我还比您少一次哪！"

 答案

因为他的右脸上有五道指痕。

因为打死了一只正在吸自己血的蚊子。

电脑可以搬家而人脑不行。

不可以，活人是不能埋葬的。

阿强和阿燕是金鱼。

021　脑筋急转弯

螳螂请蜈蚣和壁虎到家中做客，烧菜的时候发现酱油没了，蜈蚣自告奋勇出去买，却久久未回，究竟发生了什么事？

什么人从来不洗头发？

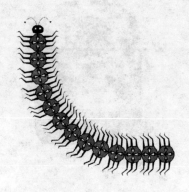

王太太委托征信社二十四小时日夜跟踪、监视王先生，以防他出轨，但是为什么最后王先生还是出轨了？

为什么白鹭鸶总是缩着一只脚睡觉？

学 贯 古 今

提示一：鹤

提示二：海宁

提示三：新月

提示四：剑桥

请用 3 个字来描述与这四种提示有关的事物或概念。

打开门后，发现蜈蚣还坐在门口穿鞋。

和尚。

因为王先生搭乘的地铁出轨了。

缩两只脚就会跌。

徐志摩。

022 脑筋急转弯

小伟的书包里藏着一个鸭蛋，他为什么不肯拿出来交给妈妈做菜？

国歌一共有几个字？

小胖在大扫除时偷吃红豆冰棒被老师看见，老师生气地问：太闲了是不是！结果小胖说了什么，害老师差点当场昏倒？

太阳爸爸和太阳妈妈生了个太阳儿子，我们应该说什么祝贺词恭喜他们？

开心加油站

弟弟妹妹都是爱漂亮的年纪，对衣着很讲究。但是妈妈常为妹妹添购新衣，而忽略了弟弟，弟弟抗议妈妈偏心，妈妈的理由是："外销的东西，要特别讲究包装。"

答案

那是考卷上的"大鸭蛋"。

两个字，"国"和"歌"。

小胖说：老师，红豆冰棒是甜的。

生日快乐！

023　脑筋急转弯

有 5 只小蚂蚁，每只小蚂蚁都说它身后还有 1 只小蚂蚁，为什么？

老师说我们的身体里有 206 块骨头，可是，小明说他身体里有 207 块骨头，这是为什么？

什么书既没有作者，也没人能读懂？

开 心 加 油 站

安娜的妈妈又怀孕了，她问安娜："你希望妈妈再给你带来个弟弟呢，还是妹妹？"

安娜想了想说："我只想要一只小狗。"

 答案

有只小蚂蚁在说谎。

因为小明不小心吃下一块鱼骨头。

当然是天书啦！

024 脑筋急转弯

一个人一年中哪一天睡觉时间最长？

树上"qi"个猴，地下"yi"个猴，一共几个猴？

一间牢房关了两个犯人，其中一个因偷窃要关一年，另一个是强盗杀人犯却只关两个星期，为什么？

什么地方看到的月亮最大？

天气愈来愈冷，为什么小华不多加件衣服，反而要脱衣服？

学贯古今

"书香门第"中的"书香"原意指什么？

A. 读书人的自称

B. 书籍的油墨味

C. 书发霉后发出的怪味

D. 书中夹香草发出的香气

一年中的最后一天，因为他跨越到第二年。

两个猴。

强盗杀人犯被拉出去枪毙啦。

在月球上。

因为他准备要洗澡了。

D。

025　脑筋急转弯

你怎样才能把你的左手全部放入你右边的裤袋内，而同时又把你的右手全部放入左边的裤袋内？

曹冲用木船称象，结果还是没有称出大象有多重，你猜为什么？

什么树不浇水也不会枯死？

哪种比赛，赢的得不到奖品，输的却有奖品？

狐狸精最擅长迷惑男人，那么什么精男女一起迷？

学贯古今

"破釜沉舟"这个成语出于哪次战争？

A. 赤壁之战　　　　　B. 长平之战　　　　　C. 巨鹿之战

D. 官渡之战　　　　　E. 淝水之战

 答案

把裤子前后反着穿。

大象不肯上船。

假树。

划拳喝酒。

酒精。

C。

026 脑筋急转弯

月亮什么时候不发光？

小明今年12岁，为什么只过了三次生日？

为什么人要拿头撞豆腐？

火眼金睛

在东北的一个小镇，一条小河从东向西流过小镇。一个月圆之夜，一桩谋杀案打破了小镇的平静，法医推算出案件应该发生在晚上9点左右，并且很快找到了嫌疑犯，刑警立即对他进行审问。

"昨晚9点左右你在哪儿？"

"在河边与我的女朋友谈话。"

"你坐在哪边河岸？"

"在南岸。昨夜是满月，河面上映出的月亮真好看！"

"你说谎！罪犯就是你。"

请问，刑警的根据是什么？

 答案

月亮一直不发光。

生日是2月29日。

因为豆腐不会撞头。

嫌疑犯说他在东西流向的河南岸坐着，即他是面朝北的。在北纬29度线以北，可以看到月球和太阳一样在天空的南部东升西落。如果他面朝北，是看不见月亮的。

027 脑筋急转弯

小王刷了一早上的牙，为什么别人还是说他口臭？

从事什么职业的人最容易在短时间改变主意？

徐先生犯了一个大错误。当他在太太面前，掏口袋的一刹那，一些袋内的酒吧火柴盒、未中奖的马票，以及旧情人的照片等，均散落一地。他在慌张之余，为了避免吵架，双手各遮起一件东西。试问，他所遮起最有效的东西是什么？

开 心 加 油 站

学生说："用米做长度单位不好掌握。"

老师奇怪地反问："怎么不好掌握？"

学生说："米有大米、小米啊。"

答案

因为小王爱骂人，所以别人说他口臭。

教官。

她太太的左眼和右眼。

第 **6** 章

左右脑开发训练

001 脑筋急转弯

一根长棍子（不准弄断），怎样才能使它变短？
为什么先看见闪电后听见打雷。

什么路人们最不敢走？
什么人敢在皇帝的头上胡作非为？

妻子："糟糕，亲爱的，你送给我的钻石戒指，落到红茶里了。"结果，戒指又平安回到妻子的手上，而且一点也没有弄湿的痕迹。这难道是奇迹吗？

学贯古今

古代六艺，"礼、乐、射、御、书、数"中的"御"是指：
A. 下棋　　　　B. 种花　　　　C. 武术　　　　D. 驾车　　　　E. 舞蹈

答案

拿一根更长的棍子和它一比就短了。
因为眼睛长在前面。
绝路。
理发师。
因为是戒指掉到红茶的茶叶罐中了。
D。

OO2 脑筋急转弯

一个挖好的长 6 米、宽 7 米、深 8 米的坑里有多少土？

丽丽的表姐过 11 岁生日，庆祝晚宴上却点了 13 支蜡烛，为什么？

什么动物天天熬夜？

什么东西愈生气，它便愈大。

换心手术失败，医生问快要断气的病人有什么遗言要交代，你猜他会说什么？

开 心 加 油 站

路人问长得酷似的孪生兄弟："小朋友，你们兄弟俩谁大？"

"哥哥，哥哥，"一个小家伙叫起来，"咱们不要告诉他。"

已经挖好，所以没有土。

停电了，所以多点了两根蜡烛。

熊猫。

脾气。

其实你不懂我的心。

003 脑筋急转弯

一头凶猛的大狮子正饿得不行，可小明从它身边走过却平安无事，为什么？

什么东西装玻璃，爱把鼻子当马骑？

黄河的源头在哪儿？

小李昨天在客户面前骂总经理是笨蛋，结果小李被开除了，为什么？

小张被关在一间并没有上锁的房间里，可是他使出吃奶的力气也不能把门拉开，这是怎么回事？

开心加油站

吃饭时，儿子老是不肯坐下。妈妈奇怪地问："你今天怎么啦，干吗站着吃饭？"儿子说："今天上语文课，老师说'坐吃山空'……"

 答案

> 狮子被关在笼子里。
>
> 眼镜。
>
> 天上。黄河之水天上来。
>
> 因为小李泄露了公司的最高机密。
>
> 推开门就行。

004 脑筋急转弯

地上掉了一张 5 元和一张 50 元的钞票，你看见了会捡哪一张？

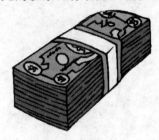

什么狗身上湿淋淋的？

两个口是吕，三个口是品，那么四个口、五个口分别是什么字？

一个商人破产了，有半数朋友不认识他了，为什么？

阎王爷写日记（打一成语）？

废除早自习会造成什么影响？

学贯古今

大象长着长长的鼻子和长长的门牙，它的门牙是用来做什么的？

A. 嚼食　　　　　　B. 探路　　　　　　C. 防袭击

答案

两张都捡。

落水狗。

田、吾。

因为还有一半朋友不知道他破产了。

鬼话连篇。

让学生和家长可以多赖床半小时。

B。

脑筋急转弯

最坚固的锁最怕什么?

什么东西能逛遍世界?

小刚唱歌很差,为什么观众却掌声不断?

为什么拔一颗牙齿需要十个医生?

那一种飞弹可以用每小时 30 公里的超低速,并贴近地表 2 米左右的高度直扑目标而去,中途还可以 90 度急转弯,那一种飞弹可以用每小时 30 公里的超低速,并贴近地表 2 米左右的高度直扑目标而去,中途还可以 90 度急转弯,这是什么飞弹?

学贯古今

由成语"墙头马上"的原意可知,元朝白朴所著的《墙头马上》属于什么类型的杂剧?

A. 武侠　　　　　B. 言情　　　　　C. 战争　　　　　D. 伦理　　　　　E. 历史

钥匙。

风。

观众在拍蚊子。

因为要给一头大象拔牙。

载在车上的飞弹。

B。

006 脑筋急转弯

什么枪只能吓跑人，不能打死人？

一只老虎面前有5个山洞，每个山洞都有一只羊，它为什么进了第2个山洞？

动物园里，大象的鼻子最长，鼻子第二长的是什么动物？

小试牛刀

在一个暴风雨的深夜，有个小伙子开车路过一个公交车站，看到有三个人正在等车。其中一个是患重病的老人，急需到医院进行救治；一个是医生，曾经救过小伙子的命，小伙子做梦都想报答他；一个是小伙子心仪已久的姑娘，错过此次接触的机会，也许再无机会。但是，此时车上只能搭载一个人。

如果你是这个小伙子，应该怎么办？

 答 案

比赛用的发令枪。

它想进哪个山洞就进哪个山洞。

小象。

将车交给自己的救命恩人，让他开车送重病人到医院，自己则留下来陪心仪已久的姑娘等公共汽车。

OO7 脑筋急转弯

什么板凳不好坐?

蚂蚁和大象结婚了,可是没几天大象就死了。蚂蚁非常伤心,为什么呢?

君君的妈妈烫了头发回家,却没有人发现,为什么?

什么时候是摘苹果的最好时机?

开 心 加 油 站

"刚出锅的臭豆腐,又热又臭,快来买呀!不臭不要钱呐!"小贩高声叫卖着。

君君拉着爸爸的衣角央求说:"我要吃臭豆腐。"

"真不巧,爸爸忘了带钞票。"君君爸爸说着就要走。君君却站住脚对小贩大声说:"给我几块煎豆腐,要不臭的……这是你自己说的,不臭不要钱,我就要吃不臭的。"

答案

> 冷板凳。
>
> 蚂蚁要挖多大一个坑才能把大象埋了啊。
>
> 家里没有人。
>
> 苹果成熟的时候。

008 脑筋急转弯

茄子的另外一个名字叫什么？

从何处认定蘑菇是长在潮湿的地方？

经常和人打架的人是谁？

开心加油站

餐桌上，儿子美滋滋地吃着鸡蛋。

"好吃吗？乖乖！"妈妈欢心地问。

"好吃。"

"你就知道吃。知道什么东西生蛋？"爸爸想考考儿子。

"鸡生蛋，鸭生蛋，鹅生蛋。"

"还有什么生蛋？"

"还有，还有呢？"爸爸一个劲地追问。

"嗯……"儿子被问住了，一会儿才回答："妈妈也生蛋！"

妈妈目瞪口呆，爸爸"啪"的一声打在儿子脸上。儿子不服气，嚷着说："你们常常骂我笨蛋，我不是妈妈生的吗？"

答案

蔬菜。

带着一顶伞。

拳击手。

脑筋急转弯

船厂老板最怕什么？

球里面是空气，救生圈里有什么？

手抓长的，脚踩短的，这是在做什么事？

为什么流氓坐车不要钱？

火眼金睛

市郊的一座公寓里住着两个小伙子，一个姓田，一个姓林。

这天，大雪纷飞，王警官和助手接到小田报案，说刚才小林被人枪杀了。他们赶到现场，只见小林头部中了一枪，倒在血泊中。

小田说："我刚才正与小林吃火锅，忽然闯进来一个戴墨镜的人，对准小林开了一枪后逃走了。"

王警官看到桌上摆着还冒着热气的火锅，于是说道："别装了，你就是凶手！"

 地球上没有水。

人。

爬梯子。

囚车。

如果有人戴着墨镜从寒冷的室外进入热气腾腾的室内，镜片上会蒙上一层雾气，根本无法看清屋里的人。

010 脑筋急转弯

什么饭不能在夜间吃?

小娜伸出右手对她的家教说:"贝多芬从来不用这只手弹钢琴。"她说得对吗?

开 心 加 油 站

明明:"青青,你知道是早晨的太阳重还是傍晚的太阳重?"

青青:"不知道。你知道吗?"

明明:"那还用说,当然是傍晚的重啦。"

青青:"为什么?"

明明:"早晨的太阳轻得连大海都能一个浪头把它打上天空,傍晚的太阳重得连大山都托不住。"

中饭和早饭。

对,因为这是她的手。

011 脑筋急转弯

一只蚂蚁从几百万米高的山峰落下来会怎么死？

王先生在打太极拳时金鸡独立，站多久看上去都那么轻松，为什么？

一架空调器从楼上掉下来会变成啥器？

一位服装模特儿小姐，即使平日也穿着未经发表的新款服饰，但她常常看到穿着和她完全相同服饰的人。这是为什么？

开心加油站

老师发现有两张试卷上都有王刚的名字，便找来王刚，王刚辨认出其中一张是自己写的试卷。老师又找来王刚的同桌吕明，"这是你的答卷吗？"老师拿着另一张试卷问。"是的。"吕明点点头。"为什么写着王刚的名字？""我抄他的答案，功劳当然归他了。"

饿死。

因为他在照片里。

凶器。

她自己照镜子了。

012　脑筋急转弯

至少要多少时间才能读完清华大学？

什么人是不用电的？

为什么母鸡的腿比较短？

小王住在 12 层楼里，为什么他每天不坐电梯啊？

有一个人头戴安全帽，上面绑着一把扇子，左手拿着电风扇，右手拿着水壶，脚穿溜冰鞋，请问他要去哪里？

学贯古今

《悲惨世界》一书中的主人公冉阿让因为偷了什么东西而服了 19 年的苦役？

A. 一瓶葡萄酒　　　　B. 一杯牛奶　　　　C. 一片面包　　　　D. 一块饼干

答案

一秒钟。

缅甸人。

怕把蛋摔破了。

他住一楼。

精神病院。

C。

013 脑筋急转弯

一个人在什么情况下才真正处于任人宰割的地步？

可可的爸爸是天文学家，可对有些星的知识却掌握得远不如可可多，为什么？

小宝站在路中央，一辆时速90公里的汽车急驰而过，她却未被撞死，为什么？

开 心 加 油 站

爸爸把孩子们召集起来说："你们看看谁最能听妈妈的话？谁该得到奖赏？"孩子们异口同声："当然是你，爸爸。"

 答案

理发的时候。

可可是追星族。

小宝站在天桥上。

014　脑筋急转弯

打仗时拿破仑高喊："冲啊！"为什么他的士兵仍原地不动？

大人上班迟到的原因是塞车，小孩上学迟到的原因是什么？

什么样的钉子最可怕？

穷人和富人在什么地方没有区别？

北极里有一种动物，背上有两个峰四只脚，猜一种五个字的动物？

有一种棋只有两种棋子，你知道是什么棋类吗？

学 贯 古 今

人们常把许多人一拥而起做事叫做"一窝蜂"。"一窝蜂"这个词来自：

A. 马蜂窝　　　　　　　　B. 一个人的绰号

答案

士兵不懂中文。

大人起晚了。

眼中钉。

浴室。

迷失的骆驼。

围棋，只有黑棋和白棋。

B。

015 脑筋急转弯

小芬对小芳说："后天的大前天的后天，也就是昨天的昨天的大后天是我的生日，请来参加我的生日会。"小芳应该什么时候赴约呢？

一个人，他感觉地球在颤动，为什么？

为什么两只公老虎打架，非要拼得你死我活，不然绝不罢休？

有一本书，兄弟俩都想买。如果用哥哥的钱单买要缺 5 元钱，如果用弟弟的钱买缺 1 角钱，如果两人把钱和起来只买一本书，钱仍然不够。那么这本书的价钱是多少呢？

小 试 牛 刀

算命先生给小李一个信封，并告诉他没有开心事不能打开。小李订婚的那天，打开信封，大吃一惊："怎么这么灵？"请问信封里写的是什么？

明天赴约。

他喝醉酒了。

因为没有人敢去劝架。

这本书的价钱是 5 元钱；哥哥没有钱，弟弟有 4 元 9 角。

今天有开心事。

016 脑筋急转弯

一天，有两个人在马路上走着，一人说："你看前面有辆车。"另一个人却说："没车。"
为什么？

小明很聪明，为什么连东南西北也分不清？

夏天，一个老太婆在院子里乘凉，有一只蚊子来吸她的血，她没动手也没动脚，就把那
只蚊子弄死了，她是怎么灭蚊的？

请用四个字解释"太平门"和"太平间"。

开 心 加 油 站

一女子听说，遇到事情慌张的时候，只要喝口冷水就会镇静下来。一天，她和丈夫乘船
出去游玩，不料丈夫失足落水。

她见丈夫慌张，便喊："别慌！快喝口水！"

答案

煤车。
因为他的眼睛被蒙住了。
用自己的皱纹把蚊子夹死了。
出生入死。

017 脑筋急转弯

一天，毛毛爸爸身无分文，但是他却把毛毛喜欢的东西买回家了。这是为什么呢?

什么鸡没有翅膀?

谁最喜欢添油加醋?

鸟类的绝症是什么?

三位兄弟分食一罐重达 320 克的凤梨罐头。因为不易平均分成三等分，所以二位哥哥各吃 100 克，剩下的 120 克全部分给弟弟，但是正想去吃的弟弟突然变得十分生气。究竟这是为什么?

学 贯 古 今

文学史上，有四部《变形记》，其中写人变成甲虫的那一部的作者是:

A. 阿普列尤斯　　　B. 契诃夫　　　C. 奥维德　　　D. 卡夫卡

答案

刷卡。

田鸡。

厨师。

恐高。

因为两个哥哥吃的是 100 克凤梨片，剩下的是 120 克汤水。

D。

018 脑筋急转弯

麒麟到北极会变成什么?

什么样的河人们过不去?

住在什么样的家里不出家门就能去上班?

世界上谁的肚子最大?

　　住在山谷中的志明,突然想吃泡面,便支起小锅来烧水。水快开了才发现家里的泡面已吃完了,急急忙忙到山脚下的杂货店去买。30 分钟后回到家,发现锅里的热水全都不见了。这究竟是为什么?

学贯古今

尾巴一根钉,眼睛两粒豆,有翅没有毛,有脚不会走。(打一个动物)

答案

冰淇淋。

银河。

国家。

宰相。宰相肚里能撑船。

因为热水都变成冷水了。

蜻蜓。

019 脑筋急转弯

在高空飞行的一架 623 客机中，小虎突然打开门冲了出去，为什么没有摔死？

如何才能避免买到坏鸡蛋？

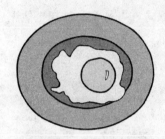

黑人不必担心什么？

什么牛皮很容易被戳破？

不及格的考试成绩单，会被称为"满江红"，为什么？

网是用什么做成的？

学贯古今

一位姑娘本姓黄，弯弯绕绕想情郎，读书情郎想不到，只想一个种田郎。（打水中动物）

答案

> 厕所的门。
>
> 买鸭蛋。
>
> 晒黑。
>
> 吹牛皮。
>
> 你父亲会怒发冲冠，你母亲会潇潇雨歇。
>
> 用一个个洞做成的。
>
> 田螺。

020 脑筋急转弯

没完成作业怎么办?

仪式牧师主持过各种各样的仪式,可是有一种却是他无法主持的。请问是什么?

你知道为什么鱼只生活在水里,而不生活在陆地上吗?

学贯古今

提示一:春节

提示二:成双成对

提示三:门

提示四:徐渭

猜一猜,与这四种提示有关的事物是什么?请用2个字来描述。

答案

问老师啊,作业是老师留的。

自己的葬礼。

陆地上有猫。

春联。

021 脑筋急转弯

有两个硬币，是五角五分，其中一个不是五角，那是哪两个硬币？

一个数去掉首位是 13，去掉末位是 40。请问这个数是几？

因为怕身材走样，结婚后不生孩子的美女怎么称呼？

爷爷熟读兵书，可是每次下棋都输给别人，请问他用的是什么兵法？

为什么小弟开车遇见交叉道从不停车？

开 心 加 油 站

熊熊的爸爸每天都要问熊熊："今天老师提问你了吗？"可熊熊总是回答："问了，可我答不出来。"

这天，熊熊一进家门，立即兴致勃勃地告诉爸爸："今天我回答出来了。"

"噢？老师怎么提问的？"

"说说，是谁把玻璃窗砸碎了？"熊熊模仿着。

答案

> 就是五角和五分，五角当然不是五分啦！
> 四十三。
> 绝代美女。
> 兵来将挡。
> 因为他以前是开火车的。

O22 脑筋急转弯

什么鱼的肚皮是浮上水面的？

在中国，哪个村庄最大？

马在哪里不需腿也能走？

什么东西将一间屋子装满，人又能活动自如？ IX——这个罗马数字代表 9，如何加上一笔，使其变成偶数？

学 贯 古 今

历史上曾有的"风声雨声读书声声声入耳，家事国事天下事事事关心"对联是在：

A. 东林书院　　　B. 岳麓书院　　　C. 石鼓书院　　　D. 白鹿书院　　　E. 应天书院

答案

死鱼。

石家庄。

象棋盘上。

空气和光。

加 "s"，因为 SIX 是六的意思。

A。

023 脑筋急转弯

永远都没有终结的事是什么？

为什么只有小说，没有大说？

老高知道问题的答案却不断地追问别人，为什么？

失恋的黄先生在一个月黑风高的晚上，走上街头，迎面过来飞车，他站在两个车灯中间，车子呼啸而过，人竟毫发无损，为什么？

大家齐欢乐！这是什么地方？

学贯古今

民间故事《梁祝》突出反映了我国现行《婚姻法》的哪项基本制度？

A. 男女平等 　　　　　　 B. 一夫一妻 　　　　　　 C. 婚姻自由

答案

问题。

大说已逝世。

他在考别人。

迎面而来的是两辆摩托车，而不是汽车。

齐齐哈尔。

C。

024 脑筋急转弯

妙手神偷把附近一些有钱人家的金银珠宝偷得一干二净，为什么有一个既无防盗设备，也无保安人员的大户人家他没光顾？

有一个吝啬鬼，他的眼睛好好的，为什么还要去学盲文呢？

如果有人向你问路，你最怕听到哪一句话？

什么是在废除死刑制度之后的民主、法治国度里，授予医生的一种宣判死刑的特权？

开 心 加 油 站

我们 5 岁大的儿子迷上了机器脚踏车，一见就情不自禁地高喊："看哪！将来我一定要有一辆！"我的回答永远是："只要我活着就不行。"

一天，儿子正跟小朋友谈话，一辆机器脚踏车风驰而过。他兴奋得指着大叫：
"看哪！看哪！我要买一辆——等我爸爸一死我就买！"

答案

这是他家。

省电。

这里是地球吗。

癌症。

O25 脑筋急转弯

老鼠为什么要打洞？

在一片草地上，来了一群羊，请问会发生什么事情？

什么情况下一山可容二虎？

印度人为什么用手抓饭吃？

一个猎人，一支枪，枪射程 100 米。有一只狼离猎人 200 米，猎人和狼都没动，可是猎人却开枪把狼打死了，这是为什么？

什么东西别人请你吃，但你自己还是要付钱？

开 心 加 油 站

父亲："汤姆，你知道吗？当林肯像你这样大的时候，他可是个好学生。"

汤姆："知道。爸爸，可是当他像您这样大时，就早已是美国的总统了。"

答案

安家。

吃草。

一公一母。

手比脚干净。

枪长 100 米。

官司。

026 脑筋急转弯

一个手无寸铁的人进了狮子笼，可他为什么会平安无事？

小力为什么只买白巧克力？

两人约会，为什么有一个人迟到？

小马回家忘了带钥匙，可还是进去了，他是怎么进去的呢？

小 试 牛 刀

一艘海盗船上有600人。暴风雨肆虐，船出了问题，首领下令减少船上的人数，于是让600名海盗站成一排，报数，每次报到奇数的人都将被扔下海。有一个聪明的海盗站在了一个最安全的位置上，你知道他站在哪里吗？

答案

> 狮子笼里没狮子。
>
> 黑巧克力卖完了。
>
> 一个人早到了。
>
> 有人在家。
>
> 第一轮中被扔下船的人为1，3，5，……599，在第二轮中，被扔下船的就是原来报2，6，10，……598的人，以此类推，最后得出512。其实，只要选择小于600的最大的2的 n 次方即可。这种类型的题，不论题中给出的总数是多少，小于等于总数的2的 n 次方的最大值就是最后剩下的数。

027 脑筋急转弯

可口的饭菜一扫而光,但有一样东西却越来越多,是什么?

某地,两个骑手举行荒唐的比赛,比谁的马跑得慢。当比赛信号发出后,两个骑手依然坐在各自的马上不动,生怕抢在前面。面对僵持不下的局面,有个老翁出了个主意,使两匹马急驰而去,你知道老翁出的是什么主意吗?

胖姐阿英站上人体秤时,为何指针却只指着5?

拖什么东西最轻松?

学贯古今

"期期艾艾"这个典故讲的是西汉的周昌和西晋的邓艾两个人说话时的什么毛病?

A. 口吃　　　　B. 好说谎　　　　C. 喜欢骂人　　　　D. 喜欢无病呻吟

空盘子。

两人换马骑。

指针已转过一圈了。

拖鞋。

A。

028 脑筋急转弯

小华的语文考试得了零分，但他的试卷上有三个字是没有写错的，你知道那是什么字吗？

辉辉的妈妈什么时候才不会担心小明碰倒她心爱的花瓶？

家有家规，国有国法，那动物园里有什么？

有辆载满货物的货车，一人在前面推，一人在后面拉，货车还可能向前进吗？

小红和妈妈去买熟鸡蛋，为什么别人不卖给她？

小 试 牛 刀

下图是一个单摆，绳子一头系着一个小球，当球摆动到最高点的一刹那，绳子突然断了，请问球将如何落下？

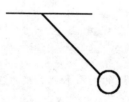

答案

他的名字。

花瓶被辉辉碰碎后。

乌龟。

可能，此货车在下坡时。

因为那鸡蛋是生的。

当球摆动到最高点的一刹那，球竖直下落。

029 脑筋急转弯

18 世纪在中国有多少伟人出生?

一个老人头顶上只剩三根头发,有一天他要参加重要盛会,为什么他还要忍痛拔掉其中一根头发呢?

今天做事最省力的方法是什么?

世界上最难的一道题是哪道题?

如何从一半是水,一半是油的缸中取水不取油?

毛毛说:10+4=2,老师也说对,为什么?

火眼金睛

如下图所示,站在左侧悬崖上的牛仔要到对面的悬崖上去,充分发挥你的想象,猜猜他是怎么过去的呢?

没有，因为出生的时候都还只是婴儿，不是伟人。

他想把头发梳成中分。

推到明天。

这道题。

从缸底部打个洞取水，因为水的比重比油大。

10 点＋4 点＝下午 2 点。

提示：此题要运用你的想象力，不要总用一成不变的思维去考虑问题。有时变化一下你的思维方式。利用你身边任何可以利用的事物，可以使很多事情由不可能变成可能。

第 **7** 章

逻辑大考验

001　脑筋急转弯

有没有一整年都在笑的人?

南来北往的两个人,一个人挑担,一个人背包,他们没争也没吵,也没人让路,却顺利地过了独木桥 ,这是怎么回事?

老王每天都要刮很多遍脸,可脸上还是有胡子,为什么?

学贯古今

词语一:法国大革命。

词语二:广播。

词语三:塞纳河。

词语四:建筑。

你能猜出与这四个词语有关的事物或概念吗?

答案

> 弥勒佛。
>
> 南来北往实际上是一个方向,一个跟在另一个后头就行了。
>
> 老王的职业是给别人刮胡子。
>
> 埃菲尔铁塔。埃菲尔铁塔原为庆祝法国大革命(1789 年)100 周年而建。1951 年,铁塔顶层增设广播天线,用于广播事业。埃菲尔铁塔位于巴黎塞纳河左岸。埃菲尔铁塔是巴黎的标志性建筑。

002 脑筋急转弯

什么人可以一鸣惊人？

在医院门口，有两个卖橘子的人，一个卖酸橘子，一个卖甜橘子，为什么酸橘子先卖完？

为什么上帝在星期六的时候创造了夏娃？

圣诞夜圣诞老人首先放进袜子里的是什么？

小试牛刀

甲和乙在决斗。天空乌云滚滚，两人在荒野中各自拔出自己的刀。决斗前，甲已用阴谋诡计把乙的钢刀换为一把木刀。当乙举起刀的那一刻，才发现自己上当了，但甲已挥动利刃向乙逼来，乙想这回自己必死无疑。正在此时，天空突然雷电交加，情况发生了巨大的变化。

究竟有什么变化呢？请你猜猜看。

射击手。

因为买橘子的都是病人。

这样她就可以在星期天的时候和亚当约会了。

他自己的脚。

甲因手中利刃导电而遭雷击致死，乙却因手拿木剑而安然无恙。

003 脑筋急转弯

如果有机会让你移民,你一定不会去哪个国家?

美国人登陆月球,第一句说的是什么话?

什么火烧不着?

小 试 牛 刀

用两条宽度和长度相同的纸带作两个圆圈。把这两个圆圈在 P 处粘在一起,然后沿虚线剪下来,如下图所示。请问剪下来的形状是什么样子?

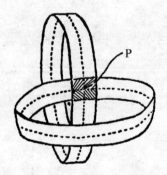

答案

天国。

美国话。

肝火。

形状见下图。

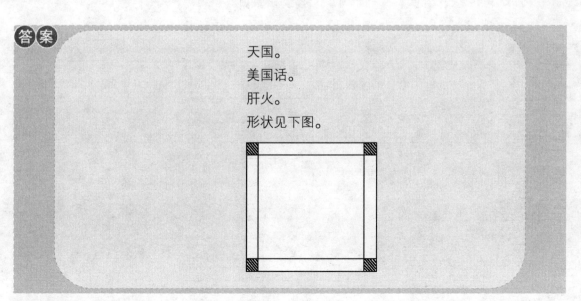

004 脑筋急转弯

医生问病人："感冒了?"病人摇头。"肚子疼?"病人摇头。"神经痛?"……医生问了无数个病，病人还是摇头。那么，你知道这个病人究竟是来看什么病的?

什么报永远只印一份?

什么东西越旧越好?

什么东西见者有份?

小试牛刀

下图中有十个棋子，请移动三个，让十个棋子分别连成五条直线，且保证每条线上都要分布四个棋子。

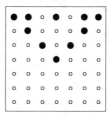

答案

一直摇头的病。

电报。

古董。

阳光。

如下图所示。

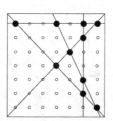

005　脑筋急转弯

一个黑人罪犯在警察的追捕下，慌忙逃到一家白人俱乐部里，警察把那家俱乐部里里外外都找遍了，就是没有找到那个罪犯，为什么？

什么床不能睡？

两个长得一模一样的人，可他们不是双胞胎，为什么？

地球上有七大洲四大洋，一共有60亿人口，在这些人身上，哪一部分的颜色是一样的？

名人讲堂

一次，南宋将领毕再遇在和金兵作战时，因寡不敌众，决定撤退。

以往作战，毕再遇习惯命士兵在军营里击鼓，一来鼓声可以威吓敌人，二来也可以给自己的部队壮胆。但是当时若因撤退而不击鼓，敌军听不到鼓声可能会乘胜追击致使毕再遇的部队全军覆没，怎么办呢？究竟怎样做才能确保在撤退时和撤退后鼓声仍继续响着呢？毕再遇苦苦思索着。忽然，他听到了几声羊叫，于是灵机一动，想出了一个巧妙的办法安全撤军，并确保鼓声继续。

你知道他是如何巧妙地利用羊的吗？

答案

这个罪犯的脸都吓白了。

牙床。

他们是多胞胎中的两个。

血液都是红的。

毕再遇命士兵捉来许多羊，把羊倒悬起来，让羊的前蹄抵在鼓面上，羊被悬得难受，使劲挣扎，就把战鼓"敲"响了。

006 脑筋急转弯

一只小鸟飞进了迪斯科舞厅，突然掉了下来，请问发生了什么事？

什么狗不守夜？

你怎么区分东西南北？

什么东西是看不到但却触摸得到，万一摸不到便会吓倒人？

名人讲堂

纪晓岚小时候就聪颖过人。有一天，他对一个目空一切、头脑简单的莽汉说："你虽厉害，但我取一本书放在地上，你也未必能跨得过去。"莽汉听了大怒，一定要试试看。纪晓岚取出书放好后，那莽汉果然没有跨过去。这是怎么回事呢？

答案

舞厅太吵了，小鸟用两只翅膀捂住了耳朵。

天狗。

加顿号。

脉搏。

纪晓岚将书放到墙角处。

007 脑筋急转弯

张三酒喝多了，不小心撞伤了脸，回家怕太太责怪，忙去洗手间对着镜子贴上创可贴，可第二天还是被太太骂了一顿，为什么？

小明和同学们上课都是坐着的，只有小王站着，为什么呢？

什么东西说"父亲"是不会相碰，叫"爸爸"时却会碰到两次？

什么样的强者千万别当？

开 心 加 油 站

新生入学军训时接受校长的检阅。

"同学们好！"

"校长好！"

"同学们辛苦了！"

"为人民服务！"

"同学们晒黑了！"

新生们顿时语塞，不知如何回答。沉默片刻后，一个男生大声回答：

"校长更黑！"

他把创可贴贴在了镜子上。

小王是老师。

上嘴唇和下嘴唇。

强盗。

008 脑筋急转弯

有一对外表一模一样的孪生兄弟，如果硬要说他俩有何差异的话，那就是哥哥屁股上有颗痣，而弟弟没有。但是，就算这对兄弟穿上完全一样的衣服，把屁股上的差异遮掩起来，还是有人可以清楚地区别出这对兄弟谁是谁。究竟是哪个人有这种能耐呢？

懒汉在找锄头时会有什么想法？

公共汽车来了，第一位穿长裙的女孩投了 4 元，司机让她上车；第二位穿迷你裙的女孩投了 2 元，司机也让她上车；第三位女孩没投钱，司机照样让她上车，为什么？

为什么一瓶标明剧毒的药对人却无害？

开 心 加 油 站

老师："请把'马儿跑了'这句话转换成疑问句。"

小伊万："马儿会跑吗？"

老师："正确！很好！现在把它转换成祈使句。"

小伊万："驾！"

他们自己。

希望永远都找不到。

第三位女孩用的公交月卡。

因为大家都知道有剧毒，不会服用。

OO9　脑筋急转弯

一天，一个偷车贼在四处无人时看到一辆跑车，但他没有偷。为什么？

期末考试时，张大为和王晓晓在教室里小声交谈，却没有人管他们，为什么？

什么书在书店里买不到？

什么东西要藏起来暗地里弄，弄完之后再暗地里交给别人？

开心加油站

学校周末舞会我常常光顾，因为那里有一些漂亮的女孩子会主动邀请男生共舞。

一次舞会上，我正坐着休息，耳边传来了柔和的声音："请问，你想跳舞吗？"一个眉清目秀的女孩子向我走来。

我心头一动，赶忙站起来。

"没什么的，我应该感谢你。"她微笑着说，"我现在终于可以坐下来了。"

这是他自己的车。

他们两个是监考老师。

遗书。

底片。

010　脑筋急转弯

孔子与孟子有什么区别？

杂技演员走什么线比走钢丝线安全？

治疗口臭的最快方案是什么？

小明和爸爸妈妈出外照相，为什么照片上没有爸爸？

开心加油站

老师问小强："圆明园是谁给烧掉的？"小强委屈地说："老师。不不不是我烧的。""什么？你你你，把你爸叫来！"老师生气地说。放学后，小强的爸爸来了，老师对他说："今天我问你儿子圆明园是谁烧的，他居然说不是他烧的，这太可笑了吧？"小强的爸爸眨着眼，犹豫地说："老师，真不是他烧的，我们孩子不会做这事的。要不我们赔行吗？"

答案

一个"子"在左边，一个"子"在上面。

斑马线。

闭嘴。

爸爸在帮他们照相。

O11　脑筋急转弯

什么东西天天会来，却从没真正来过？

什么海没有人能够看见？

雨停了，有人在大街上脱衣服，为什么没人管？

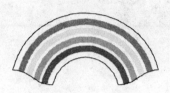

为什么罗丹的雕塑作品《沉思者》没有穿衣服？

开 心 加 油 站

一位女士因违反交通规则被送到法庭受审。这个女士向法官申诉说，自己是个教师，急着赶去上课，因此违反了法规，请求法庭予以从轻处理。

谁知法官听了，却十分高兴地说："夫人，今天我终于能够实现在我心里埋藏了一生的愿望。多年来，我一直等待有一个教师犯了错来到我的法庭。现在，请你坐到桌前，把'我闯了红灯'这句话抄写500遍。"

 答案

明天。

脑海。

脱的是雨衣。

在思考该穿哪件衣服。

012 脑筋急转弯

什么花没有绿叶陪衬？

做了什么事后，知错却不能改？

象棋与围棋的区别是什么？

制造日期与有效日期是同一天的产品是什么？

开 心 加 油 站

一位教授问一名小男孩："你的生日是哪一天？"

答："4月8日。"

教授说："哪一年。"

答："每一年。"

答案

火树银花。

考试交卷后。

一个越下子越少，一个越下子越多。

日报。

脑筋急转弯

什么牛能吃却不能耕地？

什么东西使人哭笑不得？

人们除了在耳朵上戴耳环和宝石外，还戴什么东西？

下雨天不怕雨淋的是什么？

开心加油站

一个孩子对另一个孩子说："你爸爸是鞋匠，可你妹妹生下来时却没有鞋穿。当然啦，这不是什么难堪的事情。"

那个孩子回敬说："你爸爸是牙科医生，可你弟弟生下来连颗牙齿都没有。不过，你听了也别太难为情。"

蜗牛。

口罩。

眼镜。

雨伞和雨衣。

O14 脑筋急转弯

蝎子和螃蟹玩猜拳，它们玩了两天两夜，还是分不出胜负，你猜为什么？

有一条50米深的河，没有桥，可是一位女同学没有沾水就从河面上过去了。她是怎么过去的？

别人的青春痘只有夏天比较茂盛，为什么阿兰的却是一年到头都长不完？

阿勇做事总是拖泥带水，但领导总是表扬他，为什么？

开 心 加 油 站

甲："你们班有多少人？"

丁："包括一位老师共有三十一个。"

甲："为什么要包括老师呢？"

乙："没有老师，一个人也没有了。"

答案

它们都只能出剪刀，平手。

坐船。

她的是四季豆。

阿勇是水泥匠。

015 脑筋急转弯

一只毛毛虫有 24 只脚，在走上一堆牛粪，走过去以后却发现只有 22 只脚印，为什么？

什么东西越长越细越难过，越短越粗越好过？

蜗牛从上海到北京只用了 1 分钟，为什么？

小明家住在五楼，可是电梯坏了，他自己也没走楼梯，却走上了五楼回到家里，这可能吗？

开心加油站

老师："你昨天为什么没来上学？"

学生："老师，我因为牙疼去医院了。"

老师："哦，现在那颗牙还疼吗？"

学生："我不知道，医生把它留在医院了。"

答案

太臭了，它用两只脚捂着鼻子。

独木桥。

在地图上爬行。

小明还是婴儿，妈妈背着他上去的。

016 脑筋急转弯

一对健康的夫妇很不注意计划生育，生了三个孩子，这三个孩子都只有一只右手，为什么？

什么鱼不能吃？

文文在洗衣服，洗了半天她的衣服还是脏的，为什么？

淡淡第一次见到壮壮就断定壮壮是喝羊奶长大的，为什么？

开 心 加 油 站

弟弟说："太阳的胆子真小！"

哥哥说："何以见得呢？"

弟弟说："因为它白天才敢出来呢！"

 答案

每个人都只有一只右手。

木鱼。

她在帮别人洗衣服。

壮壮是一只羊。

017　脑筋急转弯

白雪公主和黑马王子结婚后生下了一个小姑娘，你猜她叫什么名字？

新版的纸币为什么印得不一样？

明明是放砂糖的罐子，却贴着一张写着"盐"的标签，这样作用何在？

开 心 加 油 站

父亲责备儿子："邻居张家很不高兴，因为你一拳打坏了他儿子的眼睛。你说那是出乎意料，是真的吗？"

"当然是真的。"儿子说，"我本来想打中他的鼻子。"

灰姑娘。

编码不一样。

骗蚂蚁。

018 **脑筋急转弯**

李小华不慎滑倒掉进泳池里，为什么他的裤子却没有弄湿？

什么东西晚上才看得见尾巴呢？

阿强在考英文前求菩萨保佑他，但他为什么还是考砸了？

开 心 加 油 站

开学的第一天，校长在新生入学典礼上大声地对大家说："知识是一片汪洋大海，我们每天学习知识，就像拿着一把小小的勺子在海里舀水一样……"

突然，一个女孩子的哭声从角落里传出，打断了校长的演讲，"我妈妈今天给我带的是把叉子。"

答案

他没有穿裤子。

流星。

菩萨不懂英文，有心无力。

019　脑筋急转弯

有个人从一列特快列车上掉了下来，却没有受伤，这是怎么回事？

玲玲吃瓜子不吐壳，为什么？

当雨落下时，什么东西会升起？

什么球人们常常说起，却从没有踢过、拍过、抛过？

开 心 加 油 站

一天下午，老师把一个学生叫到办公室，拿出一片止痛片，说：

"你先把它吃下去吧！"

学生直纳闷，便问：

"老师，我身上哪儿也不痛呀！"

老师解释说：

"待会儿就要痛的。我已经把你考试不及格的事儿告诉你爸爸了！"

答案

列车还没开动。

她吃的是已经剥了壳的瓜子。

雨伞。

地球。

O2O 脑筋急转弯

　　自认为是社交花的梅丽,决定在这年夏天找最早向她求婚的男友成婚。可是直到这年秋天,朋友朴靓听梅丽说,已经有人连续四十多次求她结婚,却不见梅丽小姐有准备结婚的动作。这事听来十分矛盾,而且梅丽小姐也从来没有改变过结婚的决心。这到底是怎么回事呢?

　　什么人的工作整天忙得团团转?

　　什么样的东西我们常常洗,但是拿到桌上从来不吃?

　　什么时候必须高抬贵手?

开 心 加 油 站

　　老师批评鲍尔:"我们每次做课堂练习你都不来,说是奶奶病了。谁信你的话呢?"鲍尔答道:"我也怀疑奶奶在骗人。"

答案

> 求她结婚的是她的父母。
> 芭蕾舞演员。
> 碗。
> 当有人拿枪指着你的时候。

O21 脑筋急转弯

怎样才能用网提到水？

一位老人上了车，当时车厢内客满，没有任何空位，老人就站在陈先生旁边，可是年轻的陈先生一点儿也没有让座的意思，你能想象是怎么回事吗？

有一对夫妻57岁和55岁。自结婚以来，他们每天必吵架一次。可是上个月他们却只吵了26次。这有可能吗？

小李是在下雨之前赶回家的，可到家时头发却湿了，这是怎么回事？

开心加油站

地理老师质问廉尼："为什么没有完成世界地图的描绘作业？"

廉尼低头回答："我怕我画完地图会改变世界。"

把水结成冰。

陈先生是司机。

上个月他们刚结婚。

汗水。

O22 脑筋急转弯

什么叫做"缓兵之计"?

人吃猪的什么东西不会觉得肥，也不会觉得瘦，吃不到骨头也吃不到肉？
外语老师说英语是一门通用的语言，可小明说还有一种话全世界都能用，它是什么话？

开 心 加 油 站

儿子："是不是当一个人心里难受时，就不应该再给他精神或肉体上的刺激？"
爸爸："那当然。"
儿子："那好，这次考试，我有两门功课不及格，我现在心里很难受。"
爸爸："你……"

教算术课的老师问："有人借出了500元，每月利息一分，两年后，能收多少利息？"全班学生纷纷运算，忙个不休，只有银行家的儿子端坐不动。"你为什么不计算呢？""对一分这样低的利息，我不感兴趣。"

 答案

下次告诉你。
猪血。
电话。

023 脑筋急转弯

什么数字最听话?

什么梯在我们下去的时候比上来的时候快多了?
病最多的书是什么书?

开心加油站

生物课上老师提问:"青蛙和癞蛤蟆有什么区别?"
张三回答:"青蛙是保守派,坐井观天;而癞蛤蟆是革新派,想吃天鹅肉。"

 答案

100。(百依百顺)

滑梯。

医书。

024 脑筋急转弯

小松因工作需要常应酬交际，虽然每天都很早回家，可老婆还是抱怨不断。为什么？

放烟火时为什么不会射到星星？

一根2米长的绳子将一只小狗拴在树干上，小狗虽贪婪地看着地上离它2.1米远的一块骨头，却够不着。它该用什么方法来抓骨头呢？

小张说相声大家都喜欢听，为什么他有时说话还要付钱？

开 心 加 油 站

行人问路，他看到一个小孩就拍拍他的肩膀，问："小弟弟，这里是南京路吗？"孩子看了他一眼说："不是，这里是我的肩膀。"

答案

他是第二天早上回来的。

星星会"闪"。

转个方向就行。

打电话当然要付钱。

025 脑筋急转弯

有一位新人长得像梁朝伟，动作像成龙，走起路来像周润发，为什么见过这位新人的制片商们都不肯用他呢？

什么东西人穿衣服它就脱，人脱衣服它就穿？

书呆子买了一本书，但是妈妈发现那本书被放在了脸盆里，为什么？

开 心 加 油 站

汤姆和爸爸外出散步时，忽然遇到一条大黑狗叫着冲他们蹿过来。汤姆惊恐地躲到爸爸身后。

爸爸："汤姆，不用害怕。你知道有个谚语吗？'大声叫的狗是不咬人的。'"

汤姆："是的，我知道，您也知道，可是狗知道吗？"

她是女的。

衣架。

他认为那本书太枯燥了。

第 8 章

越玩越聪明

OO1　脑筋急转弯

比一声炸弹爆炸声更响的是什么？

既没有生孩子，也没有领养孩子，就先当上了娘，请问：这是什么人？

有一家医院正常营业，却从来不给人看病，这是为什么？

开 心 加 油 站

父亲吩咐儿子："你到西服店去取爸爸定做的衣服。如果老板问你要钱，你就告诉他，因为你太小，爸爸不让你带钱出门。"

儿子离开后不久，又空着手回来了，并告诉父亲说："爸爸，西服店老板说，等我长大了再去拿。"

　　　　　　　　　　　　　　两声爆炸。

　　　　　　　　　　　　　　新娘。

　　　　　　　　　　　　　　兽医院。

OO2 脑筋急转弯

有一艘船，什么东西都不缺，也没有损坏，却不会走，这是为什么？

有人冲宁宁喊"不许动"，宁宁却还以微笑，这是为什么？

什么人上幼儿园的时间最长？

有十几个东西每天都一起上上下下，从来不单独行动，它们是什么？

开 心 加 油 站

小李同爸爸一起去泰山游玩，两人登上峰顶后，爸爸有意考考他："你说哪个方向是北面？"小李指着天空答道："北在上面。"爸爸叹了口气，生气地说："唉，真不知道你的地理课是怎么学的！"

小李委屈地说："我可是听老师说的呀。地理老师上课时指着地图告诉我们说'上北下南，左西右东。这是辨别方向的口诀。'所以上面就是北嘛！"

答案

宇宙飞船，会飞。

宁宁在拍照。

幼儿园老师。

牙齿。

003 脑筋急转弯

身子里面空空的，却拥有一双手的东西是什么？

大彪养的猪在达到最重的时候，他却不卖不宰，这是为什么？

什么东西天气越热它爬得越高？

开 心 加 油 站

孩子："爸爸，报告你一个好消息。"

爸爸："什么好消息呀？"

孩子："奶奶的耳朵聋了。"

爸爸："这算好消息？"

孩子："这样妈妈再骂奶奶'老不死'的，奶奶就听不见了。"

 答案

手套。

猪怀孕了。

温度计的水银柱。

004　脑筋急转弯

做什么事只能用左眼看东西？

什么时候有人敲门，你绝不会说请进呢？

美美说10＋3等于1，为何老师没有责骂她，反而表扬她说对了？

圆圆点了一份全熟的牛排，但是一刀切下去居然流出血来，为什么？

开 心 加 油 站

　　病人怕拔牙，医生为了使病人镇静下来，叫他喝一杯威士忌。病人端起酒杯一饮而尽，不再哆嗦了。接着他又喝了一杯。

　　"好了吧？鼓起勇气来！"医生鼓励道。

　　"哼！"病人拉开架势，喊道，"看你们谁敢动我的牙齿！"

答案

闭上右眼的时候。

上厕所的时候。

她说的是时间。

切到手上了。

005 脑筋急转弯

用什么办法可以看到人心？

冉冉刚进小学学英语半个月，但是她能毫无困难地和韩国人讲韩语，这是为什么？

有一样东西，人们总是喜欢借，可实际上根本无法借，这是什么？

开 心 加 油 站

儿子调皮，父亲狠狠地揍他，儿子咬紧了牙，忍着疼，不愿向父亲求饶。到后来，他坚决地宣称："你打吧，打吧，要怎么打就怎么打，但是我向你发誓：将来我一定向你的孙子们报仇！"

时间。日久见人心。
她是韩国人。
借口。

oo6 脑筋急转弯

教师布置一篇课堂作文，题目是《假如我是一位老板》。这时，绝大部分学生马上埋头写起来，唯有一位男生靠在椅子上无动于衷。老师问他为什么不写，他给了一个令人哭笑不得的回答。他的回答是什么？

为什么一架纸飞机，造价要 1 亿元人民币呢？

"先天"是指父母的遗传，那"后天"是什么？

开心加油站

儿子："爸爸，蘑菇是长在潮湿的地方吗？"爸爸："是啊，长在爱下雨的地方。"

儿子："噢，怪不得蘑菇要长成伞的形状！"

答案

我在等我的秘书。
用一亿元的支票折的。
明天的明天。

OO7 脑筋急转弯

一朵插在牛鼻子上的鲜花是什么花?

老师和牧师的共同点是什么?

一个人在漆黑的路上行走,没有带手电,也没有带打火机,却看见50米远的地方有一个钱包,为什么?

有一个问题,不论你问何人,答案都是"没有",请问那是什么问题?

开心加油站

有一个年轻人半夜回家,想抄一段近路,没想到掉进一个新挖好的坟穴里。过了一会儿,一个醉汉摇摇晃晃地闯进坟场,听到坟穴下面有人呼叫:"我在这里快要冻僵了。"

醉汉:"你把盖在身上的土踢开了,能不冻僵吗?"

答案

牵牛花。

都有让人睡觉的本领。

这是白天。

你睡着了吗。

OO8 脑筋急转弯

小文和小鹏两人为了一点小事打起架来，小文的头发被抓断了几十根，但小文一点也不觉得痛，请问为什么？

"水蛇""蟒蛇""眼镜蛇"哪一个比较长？

夏天家里最冷的地方是哪里？

晨晨为什么不能把赌博一次戒掉？

有一种东西，上升的时候会下降，下降的同时会上升，这是什么？

开 心 加 油 站

小儿子一天忽然问我："爸爸，在你小的时候，你爸爸打过你吗？"

"当然打过。"我说。

"那么，当你爸爸小的时候，他爸爸打过他吗？"小儿子又问。

"当然，他爸爸也打过他的。"我回答。小儿子手托腮帮，想了一会儿，然后对我说："爸爸，假如你愿意和我合作的话，我们可以终止这种恶性循环的暴力行为。"

答 案

小文戴着假发。

眼镜蛇。因为是三个字。

冰箱。

因为戒了左手还有右手啊。

跷跷板。

009　脑筋急转弯

世界拳击冠军最容易被什么击倒？

老高骑自行车骑了 10 公里，但周围的景物始终没有变，为什么呢？

王先生养了一只很漂亮的孔雀，有一天，王先生的孔雀在张先生家下了一个蛋，请问这个蛋属于谁？

哪项比赛是往后跑的？

开心加油站

父亲用小楷笔写了"一"字教儿子，教了大半天，总算把儿子教会了。

第二天清早，父亲抹桌子时，儿子正好在旁边站着。于是他顺手用湿布在桌子上画了一横，问儿子："这是个什么字？"

儿子瞅了好大一会，摇摇头说："这个字我不认识。"

父亲听了，非常生气地对儿子说："这就是我昨天教你认的'一'字呀！"

儿子一听，瞪大眼睛说："只隔了一夜，怎么就长得这么大了？"

答案

瞌睡虫。

他在健身房骑脚踏车。

孔雀。

拔河。

010 脑筋急转弯

有一种东西，大小看是猫，长相看是老虎，这是什么？

小王走路从来脚不沾地，这是为什么？

艳阳高照，为什么小可全身湿淋淋的？

客人送来一篮草莓，贝贝吵着要吃草莓，可妈妈偏说家里没有草莓。你知道妈妈为什么这么说吗？

开心加油站

爸爸点燃了艾叶，呛得儿子连连咳嗽。儿子问爸爸这是干什么，爸爸答道："小傻瓜，这是熏蚊子呀！"

儿子抬头看看爸爸："那你肚子里一定也有很多蚊子吧？"

爸爸吓了一跳："胡说，我肚子里哪来的蚊子？"

"那么，你每天吸那么多烟，不是熏蚊子又是干什么呢？"

答案

小老虎。

穿着鞋啊。

他在游泳。

客人送来的是画上的草莓。

O11 脑筋急转弯

猪皮是用来干什么的?

电话铃声响了,全家没有人去接电话,为什么呢?

尖刀怎样才能变成大刀?

万里长城是从哪里开始的?

开心加油站

"我长大后要当圣诞老人。"一个 7 岁的孩子宣布说。

"为什么?"父母问道。

"因为他一年只工作一天。"

 答案

包猪肉用的。

电视里的电话响了。

把尖字上的小去了。

从万开始的。

012　脑筋急转弯

有一种药你不用上药店买就能吃到，那是什么药？

点点在街上散步时见到一张百元大钞和一块骨头，点点不要钞票只捡了一块骨头，为什么？

丁丁结婚好久了，为什么没生一个孩子？

老王为什么喜欢和自己的妻子打麻将？

开 心 加 油 站

两个农家的孩子在聊天，一个突然问："你家的牛会抽烟吗？""你疯啦！牛怎么会抽烟？""哦，那么，也许是你家的牛棚着火了。"

答案

后悔药。

点点是只狗。

她生的是双胞胎。

这样可以收回一部分薪水。

013 脑筋急转弯

松下为什么没索尼强？

茉莉花、太阳花、玫瑰花哪一朵花最没力？

猩猩最讨厌什么线？

橡皮、老虎皮、狮子皮哪一个最不好？

1234567890 哪个数字最勤劳，哪个数字最懒惰？

学贯古今

大汶口文化遗址在我国的什么地方？

A. 湖南　　　　　　　B. 广西　　　　　　　C. 山东

panasonic（怕了索尼哥）。

茉莉花（好一朵没力［美丽］的茉莉花）。

平行线。平行线没有相交（香蕉）。

橡皮（橡皮差）。

1 懒惰；2 勤劳。（一不做二不休）。

C。

014 脑筋急转弯

怎样使麻雀安静下来?

小白加小白等于什么?

如果有一辆车,小明是司机,小华坐在他右边,小花坐在他后面,请问这辆车是谁的呢?

有一只狼来到了北极,不小心掉到冰海中,被捞起来时变成了什么?

一天,一块三分熟的牛排在街上走着,突然它在前方看到一块五分熟的牛排,可却没有理会它。它们为什么没打招呼?

开 心 加 油 站

爸爸带着小儿子气喘吁吁地爬到了山顶。

爸爸说:"快看哪,我们脚下的一片平原景色多好!"

"既然下面的景色好,我们干吗要花 3 个小时爬到上面来呢?爸爸。"

答案

压它一下。原因:鸦雀无声(压雀无声)。

小白兔(TWO)。

"如果"的。

槟榔。

因为它们不熟。

015 脑筋急转弯

有一个胖子，从高楼跳下，结果变成了什么？

有两个人掉到陷阱里了，死的人叫死人，活人叫什么？

有一只鲨鱼吃下了一颗绿豆，结果它变成了什么？

丹丹是小狗的名字还是小老虎的名字？

什么牌子的汽车最讨厌别人摸？

鸡的妈妈是谁？

学贯古今

米兰·昆德拉的第一部长篇小说是：

A. 不能承受的生命之轻　　　　　B. 玩笑　　　　　C. 慢

 答案

死胖子。

叫救命啦。

绿豆沙（绿豆鲨）。

小老虎（虎视眈眈）。

宝马 BMW（别摸我）。

纸。直升机（纸生鸡）。

B。

O16 脑筋急转弯

有 ABCD……26 个字母，如果 ET 走后剩多少个？

风的孩子叫什么？

哪种动物最没有方向感？

狼、老虎和狮子谁玩游戏一定会被淘汰？

有位妈妈生了连体婴，姐姐叫玛丽，那么妹妹叫做什么？

开心加油站

妈妈：“你算算这道题答数是几？”

儿子：“五。”

妈妈：“真聪明，这么快就算出来了。给你五角钱去买冰棍。”

儿子：“妈妈，你再出一道得数是一百的题吧！”

答案

21 个（ET 开走了 UFO）。

水起（风生水起）。

麋鹿（迷路）。

狼（桃太郎）。淘汰狼。

梦露（玛利莲梦露）。

017 脑筋急转弯

什么牌子化妆品容易感冒？

A 和 B 可以相互转化，B 在沸水中可以生成 C，C 在空气中氧化成 D，D 有臭鸡蛋气味，问 A，B，C，D 各是什么？

什么剑是透明的？

谁给刘德华喝忘情水？

白兔为什么要和嫦娥奔月？

学贯古今

"卑鄙是卑鄙者的通行证，高尚是高尚者的墓志铭"，该诗句的作者是：

A. 北岛　　　　　　　B. 顾城　　　　　　　C. 食指

雅倩。

A 鸡，B 鸡蛋，C 熟鸡蛋，D 臭鸡蛋。

看不见。

啊哈（阿哈，给我一杯忘情水……）。

因为嫦娥是萝卜腿。

A。

018 脑筋急转弯

为什么多啦 A 梦一辈子都生活在黑暗中？

谁想起妈妈的话就会哭？

为什么篮球板上要抹两勺盐？

小白很像他哥哥，为什么？

哪个牌子的电器最难看？

什么鱼最白痴？

小 试 牛 刀

一块边长 2 米的地毯覆盖了一块边长 1 米的地毯的一角。大地毯的一个顶点放在小地毯的中心。不考虑周围的流苏，小地毯有百分之几被大地毯遮住了？

答案

因为他没有手指，只有圆圆的手掌，所以伸手不见五指。

爷爷（夜夜想起妈妈的话呀，闪闪的泪光，鲁冰花）。

一言难尽。

真相大白。

TCL（太丑了）。

鲨（傻）鱼。

大地毯恰好遮住了小地毯的 25％，如下图所示。因为大地毯的顶点正好放在小地毯的中心，所以阴影部分是相等的。

019　脑筋急转弯

什么鱼最聪明？

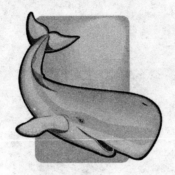

遗照与玉照有什么联系？

小宝在外面吃饭为什么不用付钱或刷卡？

开 心 加 油 站

母亲问 5 岁的儿子维佳："孩子，你在干什么呢？"

"我在给娜莎写信呢。"维佳抓着一支笔说。

母亲："可你并不会写字呀？"

维佳："没关系，反正她也看不懂。"

鲸（精）鱼。

遗照是最后一张玉照。

别人请客。

020 脑筋急转弯

小狗和小兔去老师那里背书，老师让谁先背？

哪一首歌的第一句就出现了 3 个人？

吃葡萄不吐什么？

谁最喜欢伸出援手？

学贯古今

我国最早的女诗人是：

A. 许穆夫人   B. 杜秋娘   C. 李清照   D. 苏小妹

 答案

小狗（旺旺仙贝）。

我不是黄蓉（我，布什，黄蓉）。

葡萄牙。

多啦 A 梦。

A。

021　脑筋急转弯

哪个聊天工具最慢？

谁在弹奏肖邦的夜曲？

在哪里藏着你的鸽子？

为什么森林里总派狮子去联系事情？

一个包子和土豆打架，结果土豆把包子打死了。（猜一食物）

包子死了，他的爸爸来找土豆报仇。土豆知道打不过，就逃啊逃。一条河把土豆给拦住了。（猜一蔬菜）

小试牛刀

任意给一个钝角三角形，能否把它分割成若干个小三角形，且是锐角三角形？如果不能，给出不可能的证明；如果能，给出一个实例，并且考虑一下，分割后的锐角三角形的数目最少要有几个？

MSN（慢死呢）。

维尼小熊（为你弹奏肖邦的夜曲）。

屋顶（在屋顶唱着你的歌）。

失去联络。

豆沙包。

荷兰豆。

有人可能认为一个钝角三角形是不可能完全分割成锐角三角形的，但事实上是可能的。下图显示了如何把任意一个钝角三角形分割成7个锐角三角形。并且7个锐角三角形是最低限度。

现在我们来分析一下：首先，钝角三角形中的那个钝角必须由一条直线分割成两个锐角，但这条直线不能到达对边，因为一旦到达对边就会产生一个新的钝角，这样，已完成的步骤就会变得没有意义。也就是说，这条直线的终点必须是在三角形的内部。其次，必须至少有5条直线在此点上相交，否则，以此点为共同端点的三角形不可能都是锐角三角形。这样，就在该钝角三角形内部形成了一个五边形，这个五边形由5个锐角三角形构成，加上另外两个，共7个锐角三角形。

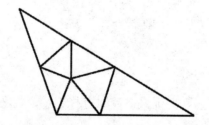

022 脑筋急转弯

海是谁的？

一只公鸡和一只母鸡。（猜三个字）

什么东西越热越爱出来？

有一颗豆，摔倒了，只有猪才能鼓励它，请问为什么？

学贯古今

"人面桃花"出自哪一首诗？

A.《题都城南庄》　　　　　　　B.《登高》　　　　　　　C.《春望》

答案

菠萝（波罗的海）。

两只鸡。

汗。

朱古力豆。

A。《题都城南庄》：去年今日此门中，人面桃花相映红。人面不知何处去，桃花依旧笑春风。

023 脑筋急转弯

米的妈妈是谁?

米的爸爸是谁?

米的爱人是谁?

米的外婆是谁?

米的外公是谁?

开 心 加 油 站

宝宝不小心,吞下一粒橘子核。

邻居小弟弟对他说:"你千万别喝水,我哥哥说:'种子得了水分和养料,就会发芽,生长'。你要喝了水,头上就会长出橘子树来!"

答案

米的妈妈是花 (花生米)。

米的爸爸是蝶 (蝶恋花)。

米的爱人是老鼠 (老鼠爱大米)。

米的外婆是妙笔 (妙笔生花)。

米的外公是爆 (爆米花)。

024 脑筋急转弯

麦当劳和肯德基谁比较大？

鸡蛋和巧克力打架，巧克力赢了。（打一种食品）

鸡蛋输了不服气，又去打，又输了。（打一种食品）

鸡蛋连输两次，不服气，去找它兄弟蛋糕，结果蛋糕被打败了不说，还被巧克力狠狠羞辱了一顿。（打一种食品）

最后，鸡蛋和蛋糕去找大哥蛋挞，蛋挞说巧克力力气很大，于是去找巧克力理论，最后巧克力认识到了自己的错误，主动向鸡蛋和蛋糕道了歉。（打一种食品）

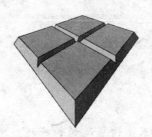

开 心 加 油 站

"孩子，千万别撒谎，撒谎最可耻。"

"好的，爸爸。我一定听您的。"

"哎哟，有人敲门，快说我不在家。"

肯德基（麦当劳是叔叔，肯德基是爷爷）。

巧克力棒。

鸡蛋面。

巧克力 CHESS（气死）蛋糕。

德服（芙）巧克力。

025 脑筋急转弯

汽车会飞。(猜一种饮料)

如何让饮料变大杯?

白色的马叫白马,黑色的马叫黑马,黑白相间的马叫斑马,那么黑色白色红色相间的马叫什么马?

历史上哪个人跑得最快?

请问唐朝时谁视力不好?

开 心 加 油 站

一个小男孩随着怀有身孕的母亲走进医院的妇产科。在等候检查的时候,母亲不时捂着腹部小声呻吟,小男孩惊恐地问:"妈妈,您怎么了?"

"你的小弟弟在踢我呢。"母亲笑着解释说。

"他越来越淘气了,您为什么不吞下个玩具给他玩呢?"

答案

咖啡 (CAR,飞)。

念大悲咒。

害羞的斑马。

曹操 (说曹操曹操到)。

李白 (床前明月光,咦!是地上霜)。

026　脑筋急转弯

一个人被刷成金色。(打一成语)

羊停止了呼吸。(打一成语)

手机为什么不可以掉到马桶里?

学贯古今

蒲松龄有一名联,上联是:"有志者,事竟成,破釜沉舟,百二秦关终属楚",请接下联。

答案

一鸣惊人 (一名金人)。

扬眉吐气 (羊没吐气)。

机不可失 (湿)。

苦心人,天不负,卧薪尝胆,三千越甲可吞吴。

027 脑筋急转弯

蜜蜂停在日历上。(打一成语)

一群人拿鸡蛋砸枪。(打一成语)

画家喜欢画粗的绳子不喜欢画细的绳子。(打一成语)

拿筷子吃饭。(打一成语)

鸡与鸭的对话。(打一词语)

小 试 牛 刀

在游戏场地布置一个模拟城市分布图,如下图所示:圆圈(○)代表城市,线条代表公路,相邻的两个城市之间的公路长为五千米。

游戏组织者宣布,现在要在一些城市建防御碉堡,使得每一个城市所在的公路与最近的防御碉堡的距离不大于五千米。在符合上面要求的情况下建的防御碉堡越少越好,你能做到吗?

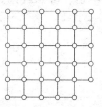

答案

风和日丽(蜂和日历)。

枪林弹雨(枪淋蛋雨)。

出神入化(粗绳入画)。

脍炙人口(筷至人口)。

鸡同鸭讲。

最少建9个防御碉堡,下图是一种方案。

第 9 章

激活创意

001 脑筋急转弯

一百零一了。(打一成语)

有十只羊，九只蹲在羊圈，一只蹲在猪圈。(打一成语)

羊打电话给老鹰，老鹰接起电话说"喂"。(打一成语)

谁家没有电话？(打一成语)

学贯古今

新中国第一次以世界五大国之一的地位参加的国际会议是：

A. 德黑兰会议   B. 开罗会议   C. 万隆会议   D. 日内瓦会议

答案

一了百了。

抑扬顿挫（一羊蹲错）。

阳奉阴违（羊 PHONE 鹰"喂"）。

天衣无缝（天衣 PHONE）。

D。

 脑筋急转弯

谁最了解鸟类？

古人为什么要卧冰求鲤？

帽子脏了要翻面再戴。（打一成语）

刚出生的小孩就死了。（打一成语）

开 心 加 油 站

淘气的孩子问爸爸：

"爸爸，您有个名字叫淘气吗？"

"没有啊！"

"那老师为什么说我是淘气的孩子？"

惊弓之鸟（惊弓知鸟）。

彬彬有礼（冰冰有鲤）。

张冠李戴（脏冠里戴）。

出生入死。

003 脑筋急转弯

为什么把刀涂成蓝色的，枪就会很忧郁？

为什么老师从小就叮咛我们要珍惜四支箭？

怎样让鸭子不会飞走？

哪一种蛇有很多嘴巴？

洗脸的叫脸盆，那洗手的呢？

开 心 加 油 站

妈妈："这次学校考外语，听说奇奇考了 85 分，你考了多少？"

孩子："我比他多一点。"

妈妈："是 86 分吗？"

孩子："不是，是 8.5 分。"

刀枪不入（BLUE）。

光阴似箭（四箭）。

插一只翅膀给它（插翅难飞）。

七嘴八舌（蛇）。

金盆（金盆洗手）。

004 脑筋急转弯

喝哪一种果汁最辛苦？

在地狱的断头台看得到什么？
如何分辨香肉店与狗肉店？
星星有多重？

学 贯 古 今

"采菊东篱下，悠然见南山"是陶渊明哪部作品中的名句？

A.《归园田居》　　　 B.《饮酒》　　　 C.《桃花源记》　　　 D.《归去来分辞》

 答 案

绞尽脑汁。

鬼头鬼脑。

狗肉店店门口会挂羊头（挂羊头卖狗肉）。

8克（STARBUCKS 星八克）。

B。

OO5 脑筋急转弯

为什么"七上八下"七在八的上面?

哪一种蛇生命力最强?

为什么冰山一"角"?

为什么汉子不出门?

如果明天就是世界末日,为什么今天就有人想自杀?

开 心 加 油 站

"小英,以后嫁给我好吗?"

"那不行。"

"为什么?"

"我们家都是只和亲戚结婚。你知道吗,我的爷爷是和我奶奶结婚的,爸爸又是同妈妈结婚的,叔叔也是和婶婶结婚的。就连我哥也不例外,他是同我嫂嫂结婚的。"

 答案

因为"八在七的下面"。

三寸不烂之舌(蛇)。

另一只脚被铁达尼号撞断了。

因为出了门就变"门外汉"了。

去天堂占位子。

006 脑筋急转弯

提问：铅笔姓什么？

二三四五六七八九。（打一成语）

门里站着一个人。（猜一字）

一个人无法做，一群人做没意思，两个人做刚刚好。请问是啥秘事？

开 心 加 油 站

爸爸买了一只小狗，玉儿和清儿争着想要。爸爸说："你们一个人一半吧！"于是前半截归玉儿管，后半截归清儿管。

有一天，清儿不知为了什么事，将小狗打了几下，小狗就汪汪地叫起来。爸爸知道了，就骂了清儿几句。

清儿说："我是打我的后半截呢，叫的是哥哥的前半截，与我有什么相干。"

答案

萧（削）铅笔。

缺衣少食。

闪。

说悄悄话。

OO7 脑筋急转弯

会飞不是鸟,像鼠不是鼠。白天躲暗处,夜晚捉害虫。(猜一动物)

小时四只脚,长大了两只脚,老了三只脚。(打一动物)

老詹养了一只狗,并且从来不帮狗洗澡,为什么狗不会生跳蚤呢?

两只蚂蚁抬根杠,一只蚂蚁杠上望。(打一字)

为什么两个孩子恰恰好?

像糖不是糖,不能用口尝,帮你改错字,纸上来回忙。(打一文具)

小试牛刀

六个方格中放着五枚棋子,现在要将 (兵)(卒) 的位置对调一下。不准把棋子拿起来,只能把棋子推到相邻的空格,要推动几次,才能达到目的? 车、马、炮不要求回原位。

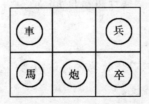

蝙蝠。

人。婴儿时手脚并用,青少年时两只脚走路,老年时拄拐棍。

因为狗只会生小狗。

六。

因为不孝有三。

橡皮。

按下列顺序,把棋子移到相邻的空格中,就可以得到结果。推动 17 次,兵、卒、炮、兵、车、马、兵、炮、卒、车、炮、兵、马、炮、车、卒、兵。

008 脑筋急转弯

一个人有三根头发，为什么他还要剪掉一根？

老人梅友到医院去做检查，结果医生告诉他说要看开一点，请问他得了什么病？

杏子从 52 楼跳下，为什么没事？

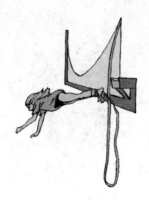

医生给了你三颗药丸要你每半个小时吃一颗，请问吃完需要多长时间？

干涉 。（打一字）

开 心 加 油 站

母亲："我跟你说过多少次了，不会的地方应该问老师。"

孩子："我问过了，可老师不肯说。"

母亲："你什么时候问的？"

孩子："就在昨天考试的时候。"

答案

他想做三毛的哥哥。

斗鸡眼。

她是只鸟。

一个小时。

步。

OO9 脑筋急转弯

无聊的时候，开车游车河叫做什么？

劳资争议时，雇主应该穿什么？

在路上，它翻了一个跟斗，接着又翻了两次。（猜四字成语）

为什么大家都喜欢坐着看电影？

小试牛刀

一只母鸡想使每行（包括横、竖和斜线）的鸡蛋不超过两个，它能在蛋格子里下多少蛋？你能在表格中标出来吗？图中有两个鸡蛋了，因而不能再在这条对角线上下蛋了。

答案

白花油。

防弹背心。

三番五次。

因为站着看脚会酸。

母鸡能在格子里下 12 只蛋。

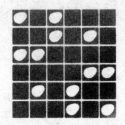

010 脑筋急转弯

阿匹婆的英文名字是什么?

小马哥的老爸在市立图书馆工作。(猜一个四字成语)

哞哞叫的牛一下水游泳就不叫了。(猜四字成语)

这封信是两颗蛋做的。(猜四字成语)

一头被10米绳子拴住的老虎,要如何吃到20米外的草?

学贯古今

儒家创始人孔子的中心学说是:

A. 中庸之道

B. "仁"的学说

C. "生而知之"的唯心主义先验论

D. 理学思想

答案

A-people。

识途老马(市图老马)。

有勇无谋(哞)。

信誓旦旦(蛋蛋)。

老虎不吃草。

B。

O11 脑筋急转弯

一个东西，左看像电灯，右看也像电灯，和电灯没什么两样，但它就是不会亮，这是啥东西呢？

人在不饥渴时也需要的是什么水？

为什么阿福总要等老师动手才去听老师的话？

钻进钱眼里的人最终会怎样？

开心加油站

有个小女孩站在街头伤心地哭泣，原来她把买冰淇淋的 15 美分弄丢了。贝克先生上前问明情况后，就从口袋里掏出 15 美分放到小女孩手上，并微笑着劝她别哭了。小女孩看看手中的钱，破涕为笑道："先生，没想到让您捡到了。"

答案

坏电灯。

薪水。

他是个聋子。

最终会死。

O12　脑筋急转弯

　　有一名女囚犯，被抓到 police 局，并被单独关到了一间防守非常好的小囚室里，在没有可能外人进入的情况下，第二天早晨，囚室里居然多出了一名男士！这是为什么？

　　一间屋子里到处都在漏雨，可是谁也没被淋湿，为什么？

　　什么人可以饭来张口，衣来伸手？

　　脱了红袍子，是个白胖子，去了白胖子，是个黑圆子。（打一植物）

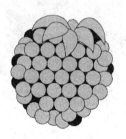

　　一辆出租车在公路上正常行驶，并且没有违反任何交通规则却被一个 police 给拦住了，请问为什么？

小 试 牛 刀

　　有一个玻璃杯，杯子里面的底部是干的。现在把杯子放进装满水的盆子里，但要使杯子里面的底部仍是干的，这可能做到吗？

答案

　　女犯生下一名男婴。

　　空房子。

　　婴儿。

　　荔枝。

　　police 打车。

　　把杯子倒着放进水里，这时杯子里面充满了空气，由于空气压力，水就不会流进去，杯子底部也就不会被弄湿了。

013 脑筋急转弯

鸭蛋一打有多少个？

现代人为什么越来越喜欢挖耳朵？

吃不到葡萄，也不说葡萄酸，为什么？

十万个为什么是什么？

什么时候我们会甘心熄灭自己的生命之火？

开心加油站

爸爸："我的手表怎么不走了？"

妈妈："也许该送钟表店清洗了。"

小尼古尔："不用了。今天早上我把它打开放进脸盆里，用刷子将它刷得干干净净了。"

答案

全没有了，碎了。

爱讲脏话的人越来越多了。

理解。

想问什么就问什么。

切生日蛋糕之前。

014 脑筋急转弯

三名犯人聆听法官宣判，法官说左右两个无罪，究竟为什么？

地球有两处地方昨天可以是今天，今天可以是明天，那地方是哪？

陆先生刚理完发，便要求理发师将他的头发变成"中分"理发师说做不到，为什么？

苹果树上有二十个熟透的苹果，被风吹落了一半，后又被果农摘了一半，那么树上还有几个苹果？

和尚打着一把伞，是一个什么成语？

什么花可以看而不可以把握？

学 贯 古 今

《边城》是哪位作家的代表作？

A. 钱钟书　　　　　B. 沈从文　　　　　C. 萧军　　　　　D. 废名

 答案

关中。

南极和北极。

他的头发是奇数。

5个。

无法（发）无天。

水花和烟花。

B。

015 脑筋急转弯

什么人是人们说时很崇拜，但却不想见到？

中国人最早的姓氏是什么？

从前，遍地是金的山是什么山？

什么贵重的东西最容易不翼而飞？

开 心 加 油 站

有一次，地理老师在讲述月球上的情况时说："月亮大得很，那上面可以十分宽敞地住下几百万人。"

一个学生突然大笑起来。

"你笑什么？"

"我在想，当月亮变成月牙时，住在上面的人该多么拥挤啊。"这个学生回答。

 答案

上帝。

善。(人之初，性本善)

旧金山。

人造卫星。

016 脑筋急转弯

一个伟大的人和一只伟大的狮子同一天诞生，有什么关系？

醉鬼是什么人？

法国国王路易十四被砍头后他的儿子当了什么？

小云和阿花已经结婚了，为什么他们还偷偷摸摸的约会呢？

一年前的元月一日，所有的人都在做着一件非常重要的事，你记得是什么事吗？

学 贯 古 今

"黑夜给了我黑色的眼睛，我却用它寻找光明。"这句诗的作者是：

A. 顾城　　　　　　　　　　B. 亦舒

答案

没关系。

宣布自己没醉的人。

孤儿。

他们分别是和别人约会。

都在呼吸。

A。

O17　脑筋急转弯

小王跑步为什么总是保持一个姿势不变?

什么情况下，每个人都会主动地发挥赴汤蹈火精神?

明明是个近视眼，也是个出名的馋小子，在他面前放一堆书，书后放一个苹果，你说他会先看什么?

开 心 加 油 站

老师给学生讲解血液循环，为了把问题讲得生动，他说:

"孩子们，如果我倒立的话，血液就会流到头部，我的脸就要发红，对吗?"

"对!"孩子们齐声答道。

老师继续说:

"当我头朝上直立时，血液为什么不流到脚里使脚发红呢?"

一个学生高声答道:

"因为你的脚不是空的!"

答案

因为他在照片中。

吃火锅的时候。

什么都看不见。

O18 脑筋急转弯

太太吃完饭后向先生要火柴，先生殷勤地掏出名牌打火机，却被太太瞪了一眼，为什么？

每个人都最爱的人是谁？

一个四脚朝天，一个四脚朝地，一个很痛苦，一个很高兴，这是在干什么？

装模作样的人成功的途径是什么？

卖水的人看到河会怎么想？

小 试 牛 刀

一位商人卖出两头奶牛，得款 210 美元，他在一头奶牛上赚了 10％，而在另一头奶牛上亏掉了 10％，总体来算他还是赚了 5％。请问每头奶牛原来的进价各为多少？

答案

打火机怎么能剔牙齿呢。

自己。

猫捉老鼠。

滥竽充数。

这些都是钱。

一头奶牛原来的进价为 x 美元，另一头为 y 美元。

则
$$
\begin{cases}
(x+y)\,(1+5\%) = 210 \\
10\%x - 10\%y = \dfrac{210}{1+5\%} \times 5\%
\end{cases}
$$

解得：
$$
\begin{cases}
x = 150 \ 美元 \\
y = 50 \ 美元
\end{cases}
$$

019 脑筋急转弯

流浪了 50 多年的流浪汉,有一天突然不流浪了,为什么?

只有一种办法使人永远不掉头发,是什么办法呢?

什么动物在天上是四只脚,在地上是两只脚,在水里是三只脚?

什么东西破裂之后,即使最精密的仪器也找不到裂纹?

什么事情,只能用一只手去做?

家里又脏又乱,怎样才能在最短时间内弄干净?

小试牛刀

下面这个算式中的某些数字被人用英文字母替换了。这些英文字母各代表哪些数字呢?
请你运用智慧把这个算式恢复原样吧!

$$
\begin{array}{r}
AB \\
\times \ B \\
\hline
3AB
\end{array}
$$

答案

他死了。

剃光。

怪物。

感情。

剪自己的手指甲。

闭上眼睛。眼不见为净。

如下图所示。

$$
\begin{array}{r}
75 \\
\times \ 5 \\
\hline
375
\end{array}
$$

020 脑筋急转弯

什么地方能出生入死？

少女们的偶像如果不幸因车祸而成了植物人，那么影迷们会怎样呢？

六岁的小明总喜欢把家里的闹钟整坏，妈妈为什么总让不会修理钟表的爸爸代为修理？

世界上最高的峰叫什么峰？

此字不难猜，孔子猜三天。请问是何字？

开 心 加 油 站

妈妈："涛涛，我的洗头水太烫了，快给我打点凉水来！"

涛涛："天还没塌下来哩。"

妈妈："快，给妈打点水来，从小爱劳动嘛！"

涛涛："那天我帮奶奶搬煤球的时候，你不是说'你的任务就是读书，天塌下来也不用你管'嘛！"

 答案

医院。

帅呆了。

妈妈让爸爸修理小明。

高峰。

晶。

O21　脑筋急转弯

在餐厅吃完饭发现没带钱，怎么办？

世界上什么东西以近 2000 公里/小时的速度载着人奔驰，而不必加油或其他燃料？

如果核战爆发，你认为哪两个地方会人满为患？

整天整天在大街上逛悠并且特爱"管闲事"的人是谁？

开 心 加 油 站

父亲："昨天做客，你妈说你不懂事，只顾自己吃，那么难看！"

儿子："我见你喝醉了，就想多吃点。"

父亲："为什么？"

儿子："要不，哪来力气扶你回家呀。"

答案

刷卡或赊账。

地球。

地狱和天堂。

交通警。

O22　脑筋急转弯

你知道一个人的小腿应该有多长？

你有一艘船，船上有十五位船员，六十位乘客，三百吨货物。你能根据上面的提示，算出船主的年龄吗？

小王在市区租了一间房子，租约上注明若不慎引起火灾，烧毁了房子，必须赔偿三百万元。小王不但不反对，甚至还主动多填了一个零，为什么？

你在一年半的时间内都不会说话，这段时间你在干什么？

学贯古今

"近水楼台先得月"的下一句是：

A. 向阳花木易为春　　　　　　B. 不尽长江滚滚来

应该长到碰着脚面。

你就是船主，年龄还需要算吗？

反正都赔不起。

刚出生在哭。

A。

023　脑筋急转弯

在什么样的情况下，手推车前有人推，后有人拉，但还是会向前进？

我常带着我的狗去晨跑，只累得我满头大汗，为什么？

晶晶一下子就破了跳高纪录，是怎么做到的呢？

小胖在从图书馆回家的计程车上睡着了。他突然醒来，发现前座的司机先生不见了，而车子却仍然在往前进，为什么？

塑料袋里有六个橘子，要均分给三个小孩，塑料袋里留有二个橘子是怎么回事？（不可以切开橘子）

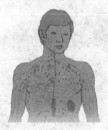

小 试 牛 刀

四个好朋友前往一家西餐厅用餐，他们选了个圆桌，按照 A、B、C、D 的顺序坐下，看过菜单之后，大家相继点了主菜、汤及饮料。

在主菜方面，李先生点了一份鸡排，连先生点了一份羊排，而坐在 B 位置的人则点了一份猪排，另外的一个人点的是牛排；汤，萧先生及坐在 B 位置的人都点了玉米浓汤，李先生点了洋葱汤，另一人则点了罗宋汤；至于饮料，萧先生点了热红茶，李先生和连先生点了冰咖啡，而另一个人则点了果汁。

点完之后发现：邻座的人都点了不一样的东西。

如果李先生是坐在 A 的位置，试问，坐在哪个位置的先生点了牛排？

答案

下坡的时候。

你见过狗满头大汗吗。

她从杆子底下走过去的。

车抛锚了，司机正在后面推车。

当然是一个人两个橘子，只是一个连塑料袋一起给他。

坐在 D 位置上的萧先生点了牛排。

024 脑筋急转弯

王大婶有三个儿子，三个儿子又各有一个姐姐和妹妹，请问王大婶共有几个孩子？

有一个家伙上身穿着棉袄，下身穿着短裤，左手拿着冰可乐，右手端着热咖啡，每天坐在火炉旁，却又开着冷气，请问他是什么人？

爸爸要小明背论语，他一秒钟就背完了，难道小明是天才吗？

老古家遭小偷，损失惨重，但当警方破案后，老古却送慰问品去看那名窃贼，为什么？

开 心 加 油 站

在打开一个沙丁鱼罐头时，母亲对孩子说："有时候，大鱼会把这种沙丁鱼一口吞掉。"

兰兰："是吗，妈妈，但是，大鱼怎样把罐头打开呢？"

答案

五个。

神经病。

不是。因为它只背了论语两字。

他想向小偷请教，如何在半夜回家而不把老婆吵醒的秘法。

025　脑筋急转弯

大雄练就了"吃西瓜不吐子"的绝招，到底他是怎么练成的？

小秦买了一辆全新的跑车，却不能开上马路，这是为什么？

堂堂的中央图书馆，却没有明版的"康熙字典"，这是为什么？

学 贯 古 今

歌曲《兰花草》的词作者是：

A. 刘半农　　　　　B. 胡适　　　　　　C. 闻一多　　　　　D. 无名氏

> 吃的是无子西瓜呀。
>
> 他买的是玩具跑车。
>
> 康熙字典是清朝人编的。
>
> B。

026　脑筋急转弯

奶奶非常疼爱她养的猫。猫咪生日那天，她特地准备了五个各放了一条鱼的盘子，为它祝贺。猫咪走到盘子前，犹豫了一会儿，然后把第三个盘子里的鱼吃掉了，为什么？

女儿第一次参加舞会，妈妈最担心什么？

小虎从"武术大全"这本书上学得一身好功夫，但是第一次路见不平就被修理了一顿，为什么？

开 心 加 油 站

一辆汽车在经过一个小村庄时，把一只鸡给轧死了。司机捡起这只不幸的小鸡，对一位看到这件事的小男孩说："这只鸡是你家的吗？"

"不，先生，我家的鸡跟它的颜色、模样虽然一样，但它没有这么扁。"

答案

它高兴。

与狼共舞。

他看的是盗印版。

思维扩张力训练

大脑潜能是可以开发的

001 脑筋急转弯

为什么小明拒绝用"一边……一边……"造句?

在什么情况下 24 和 44 不会约成最简分数?

小吴称赞女朋友的新衣服"十分漂亮",但却被女友打了一顿,为什么?

母亲节那天,你如果不想让母亲洗碗,又不想自己动手的话,你该怎么办?

一只田鼠在挖洞时并没有在洞口四周留下泥堆,为什么?

小试牛刀

相邻的 A 国和 B 国交恶。某日 A 国宣布:"今后,B 国的 1 元钱只折我国的 9 角。"B 国于是采取对等措施,也宣布:"今后,A 国的 1 元钱只折我国的 9 角。"

但是,住在边境的某个人想利用这个机会赚一笔,并且成功了。你知道他是怎么做的吗?

答案

老师不是说"一心不能二用"嘛。

写在五线谱上面。

满分是一百分。

跟她说:"妈,碗留着明天洗吧。"

因为它先挖出口。

首先,在 A 国购买 10 元钱的东西,付一张 A 国的百元纸币,然后要求找给他 B 国的百元纸币。本来应该找给他 90 元 A 国的纸币,刚好折合 B 国的 100 元。他再拿着这张 B 国的百元纸币到 B 国去购买 10 元钱的东西,照样要求用 A 国的百元纸币找零。

OO2 脑筋急转弯

有一位律师，自己有了婚变，却站在太太的立场，免费担任太太的辩护律师，并且帮助她向丈夫要求更多的赡养费，最后这律师却没有任何损失，为什么？

什么车最不可能发生车祸？

老王是个酒鬼，有一天他去看医生，医生警告他喝酒一次不可超过 4 杯，为什么老王还是不怕，一次喝了 8 杯呢？

有一间屋子的北边有肥料厂，南边有酒厂，它有项优点，你知道是什么吗？

小试牛刀

晓庆、许薇、杨英三位打工妹在街头相遇。她们中间有一个是撒谎村的人。

有人问晓庆："你是撒谎村来的？"她的回答大家都没听清。

许薇说："晓庆说'我不是撒谎村来的'，我也不是。"

杨英接茬儿说："许薇是撒谎村来的，我不是。"

那么，到底谁是撒谎村来的呢？

答案

因为这个律师正是那个太太。

灵车。

因为他连续看了两次医生。

东西两边没有工厂。

关键在于晓庆那句没人听清的回答。

如果晓庆是撒谎村来的，她会说："我不是撒谎村来的。"如果她不是撒谎村来的，她还是会这么说。

因此，许薇照原样复述了晓庆的话，这说明许薇不是撒谎村来的。

而杨英咬定许薇是撒谎村来的，这说明杨英是撒谎村来的。由于只有 1 个人来自撒谎村，所以晓庆也不是撒谎村来的。

OO3 脑筋急转弯

明明是个"错"字，为什么小华却偏偏要说"对"？

外国人问路，小明拼命用英语对他说，他却一点也听不懂，这是为什么？

气候突然转冷，一只鸵鸟决定南迁，请问它头向南，尾朝北，而爪子该朝向哪一方呢？

经理想写封信给太太，于是口述由女秘书代笔。写好之后，经理却发现漏了最后一句："我爱你。"为什么？

开 心 加 油 站

妹妹对哥哥说："哥哥，咱俩把铅笔换换吧。"

"为什么？"

"我那支铅笔不好，总是写错别字。"

的确是个"错"字呀。

因为他是法国人。

鸵鸟不会飞，所以爪子朝地下。

女秘书以为是对她说的。

OO4 脑筋急转弯

嫦娥为什么后悔上广寒宫？

在机场办出境手续时，才想起忘了拿护照，怎么样才能在最短的时间里拿到护照呢？

为什么有人说"情人眼里出西施"？

超人看到有人在银行抢劫，为什么不去阻止？

什么地方物品售价愈高客人愈高兴？

学贯古今

王国维《人间词话》将词分为三种境界，第三种境界是什么？

A. 衣带渐宽终不悔，为伊消得人憔悴

B. 众里寻他千百度，蓦然回首，那人却在灯火阑珊处

答案

因为月亮上没有月饼。

打开皮包就可以拿到了。

因为爱情使人盲目。

找不到电话亭。

当铺。

B。

005 脑筋急转弯

车子应该靠右行驶才对，为什么杨先生靠左行驶却没事？

老陈工作时一直闭着眼睛，从不睁开，他是做什么工作的？

在没有停电、跳电的情况下，为什么吴先生按了开关，电灯却没有亮？

小呆一天写作文时，发现不会写"笨"字，于是他查字典，但是却查不到这个字，为什么？

安妮的医师男友到外地出差一年，每两天会写一封情书给安妮，请问两个月之后，安妮会收到几封情书？

开 心 加 油 站

老师："你能解释什么叫'特长'吗？"

学生："'特长'就是特别的长处。"

老师："请用它造个句子。"

学生："有的人除了头发特长以外就没有特长了。"

答案

因为他正行驶在靠左行驶的国家。

假装瞎子乞讨。

他按的是电视开关，当然电灯不会亮了。

他笨得拿英文字典查了。

一封也没有，他太懒了，一封也没有寄。

OO6 脑筋急转弯

阿三死了，为什么大毛理直气壮地说："凶手不是我，绝对另有其人！"

一名国中女生上了传说中闹鬼的厕所后，为什么昏倒在厕所里面？

某人向枪靶射击了五发子弹，共得一百分，他射中了哪里？

甲跟乙打赌："我可以咬到自己的右眼。"乙不信，甲把假的右眼拿下来放在嘴里咬了五下。甲又说："我还可以咬到自己的左眼。"乙仍然不信，结果，甲又赢了，他是怎么做到的？

大多数人是用左手端碗，右手吃饭，对吧？

小 试 牛 刀

某州的一位员外在自己 60 大寿的寿筵上，把祖传的宝砚拿出来让客人看，在送客人走的时候，忘了将宝砚放好。没想到，返回家中发现宝砚不见了。

自从他送客人出门以后，再没有人出过大门，由此他断定宝砚很可能是仆人偷走的。

这时，管家让人拿来一面镜子，对仆人们说："你们每个人上前拿镜子照一下，不要看镜子的背面，然后，我就能知道是谁偷了主人的宝砚。"后来管家还真的找到了小偷。

请问：镜子真能够看出窃贼吗？

 答案

> 因为阿三是电视推理剧场中的。
>
> 她忘了厕所门是往里拉的，推半天推不开晕过去了。
>
> 只中一发正好一百。
>
> 他把假牙拿下来咬左眼。
>
> 那要嘴巴干什么？
>
> 实际上，管家让人在镜子后面涂了点黑颜料，摸过镜子的人，手上都有黑色。手上没有黑色的人，一定是心中有鬼，那么肯定是他偷了宝砚。

007 脑筋急转弯

"不见棺材不掉泪"可以拿来形容一个人顽固，你知道什么人是"见了棺材仍然不掉泪"的死硬派吗？

老吴每天抽两包烟，他老婆逼他减少一半的量，于是老吴把一天分成两段时间，用过去相同的间隔抽烟，事实上，老吴的烟量却一根也没减少，这是为什么？

老李站在马路上比手画脚，却不见 police 来赶他，为什么？

一只青蛙掉进三十米深的枯井，如果它每次能跳两米高，它需要跳几次才能跳到井口呢？

《三国》里的美男子周瑜，为什么会感慨地说"既生瑜，何生亮"呢？

一向最爱吃蛋糕的大宝，今天为什么连面前那 14 小块蛋糕都吃不下呢？

学贯古今

林语堂是享誉海内外的著名作家，他用英文创作的哪部长篇小说曾获诺贝尔文学奖提名？

A.《京华烟云》　　　　　　　　B.《啼笑姻缘》

答案

当然是死人了。

他的划分是以清醒与睡觉为界线，所以等于没少。

老李是警察。

那么深的枯井它早就摔死了。

因为诸葛亮长的比周瑜帅。

因为他刚吃完蛋糕。

A。

008 脑筋急转弯

为什么阿发悄悄对臭皮说他裤子的拉链忘了拉，臭皮却不以为意？

一个失恋的年轻男子从两层楼高的天桥往下跳，结果却毫发无伤，这是怎么回事？

妈妈明明在叫大宝，但出来的竟是小宝，为什么？

什么东西越擦越小？

萝卜喝醉了，会变成什么？

一加一等于多少？

开心加油站

芳芳问妹妹："你在吃什么？"

妹妹："苹果。"

芳芳："当心苹果有虫。"

妹妹："没关系，我的牙好，应该当心的是虫哩！"

答案

因为阿发说的是自己 。

因为他是演员，正在带保护措施拍电影。

大宝不在。

橡皮擦。

胡萝卜。

不三不四。

脑筋急转弯

煮一个蛋要四分钟,煮八个蛋要几分钟?

什么东西不怕布,只怕石头?

大象为什么会有那么长的鼻子?

他竟然可以向后走而向前进,这是怎么一回事呢?

大气的流动叫"气流";河水的流动叫"水流";那风的流动呢?

小试牛刀

A、B、C、D四个同学拾到一部手机,交给了老师。可谁都不说是自己拾的。A说:"是C拾的。"C说:"A说的与事实不符。"又问B,B说:"不是我拾的。"再问D,D说:"是A拾的。"

现在已知他们中间有一人说的是真话。你能判断出谁是拾手机的人吗?

四分钟。

剪刀。

他爱说谎。

在车里向着与车行驶相反方向行走。

风流。

因为已知这四人中只有一人说的是真话,所以可推理如下:假如 A 说的是真话,那么 B 说的也是真话,与条件不符,排除了 C 拾的可能。同理,D 说的不是真话,故手机也不是 A 拾的。这就只剩下 D 和 B 了。假如是 D 拾的,则 C 与 B 说的都是实话,也与条件不符。由此可见,手机一定是 B 拾的。这样,只有 C 说的是真话。

脑筋急转弯

从前人结婚都要先查一查对方的三代，现在的人查什么？

印度政府规定，男性不得与他的寡妇之姐妹结婚，为什么？

顺着往"基隆"的路标走，却跑到"桃园"去了，为什么？

明明是一个晴朗出太阳的好日子，却有人说："等一下就要刮台风了！"为什么他会这么说？

阿发仔的长相和家人很像，但大家都说阿发仔不是他们家的孩子，为什么？

开 心 加 油 站

一天上课，老师发现小杰的手很脏，就罚小杰站起来。

"小杰，把你的手伸直。"老师说。

小杰怯怯地伸出了右手。

老师看了看，对他说："如果你能从教室里找出一只比这只手更脏的手，我就让你坐下。"

答案

口袋。

既然有了寡妇表明本人已死了，当然不能再娶了。

台风刚过，路标倒了。

因为现在正在台风眼里。

因为他是爸爸。

011　脑筋急转弯

在平衡的跷跷板两边各放一个西瓜和冰块，重量相等，如果就这样放着，一直到最后，跷跷板会向哪个方向倾斜？

要形容女孩子好看，说什么话她最高兴？

有一个瞎子快走到悬崖边时，突然转头往回走，为什么？

学 贯 古 今

1944 年 12 月，郭沫若为南京晓庄师范校园内陶行知先生墓门题写了一幅楹联。上联是："千教万教教人求真"，请问下联是什么？

答案

> 一样水平冰化了西瓜滚了。
> 谎话。
> 因为他只瞎了一只眼。
> 千学万学学做真人。

012　脑筋急转弯

曹兰在马路边拦下一辆计程车，当她坐进车后立刻被司机赶了出来，为什么？

小陈半夜吃泡面，为什么一面吃，一面眼盯着表？

我伯父的弟媳，但不是我的叔母，那她是谁？

报纸新闻和电视新闻最大的不同在哪里？

火 眼 金 睛

下面的蜘蛛和蛛网是相同的两对，请问分别是哪两对呢？

A　　　　B　　　　C　　　　D

答案

因为司机问她去哪儿，她说不告诉你。

那包面的食用期到今天。

我母亲。

报纸看完了可以保存。

A 和 B，C 和 D。

013 脑筋急转弯

天黑一次亮一次就是一天，可有一次天黑了两次仍然只过了一天，你猜得到是什么原因吗？

早餐时，小明吵着要吃蒸蛋，小红说要吃煎蛋，妈妈出来打圆场，说了一句话，小明直说妈妈偏心，妈妈说了什么？

做什么事身不由己？

火眼金睛

牛奶公司的送货员每天都要把牛奶送到各个销售点（图中的黑点），要求路线不能重复，然后回到牛奶公司。请问他该怎样走？

碰上日全食了。

不要争（蒸）了。

做梦。

如下图所示。

014 脑筋急转弯

华先生有个本领，那就是能让见到他的人，都会自动手心朝上，这是怎么回事？

两位帅哥因何为了一位长相如恐龙般的女子大打出手？

五个兄弟住在一起，名字不同，高矮不齐，这是什么？

用猪肝和熊胆做成的神奇肥皂，请问这是什么成语？

火 眼 金 睛

图中每个钟面上指针所指示的时间都能构成一个成语。请你猜一猜，这是三个什么成语？

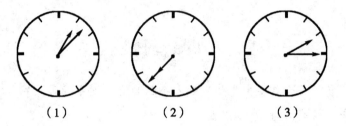

（1）　　　　　　　（2）　　　　　　　（3）

答案

他是个中医。

输的要娶她。

手指。

肝胆相照（香皂）。

（1）一时半刻　　　（2）七上八下　　　（3）三长两短

 015 脑筋急转弯

一斤白菜 5 角钱，一斤萝卜 6 角钱，一斤排骨多少钱？

人死后为什么变得冰凉？

小凯开着车子，却始终到不了目的地，为什么？

什么地方盖了章才过得去？

学 贯 古 今

《西游记》中的火焰山是今天的：

A. 吐鲁番盆地   B. 塔里木盆地

 答案

一两等于十钱，一斤有十两所以是 100 钱。

心静自然凉。

车子倒着开。

印度。

A。

016 脑筋急转弯

三个孩子吃三个饼要用 3 分钟，九十个孩子吃九十个饼要用多少时间？

一个不会游泳的人掉进了水里却没有淹死，为什么？

老张是出了名的拳手，为什么一戴上拳击手套反而让对手三下两下打下台去了？

开心加油站

一名歹徒拿一包炸药劫持了飞机，飞机在飞行中油料耗尽必须紧急降落。

机长对劫机犯说："赶快把炸药扔出飞机，在迫降中会因剧烈振动爆炸的！"

劫机犯喝道："少废话！我还没听说过沙丁鱼罐头会爆炸！"

答案

三分钟。

穿着救生衣。

他是划酒拳的高手。

017 脑筋急转弯

永远都没有终结的事是什么？

比黄金更容易招引盗贼的东西是什么？

老陈买的明明是真药而不是假药，为什么会被判重刑？

狼来了（猜一水果名）。

小 试 牛 刀

这一系列接下来的图形应当是什么？

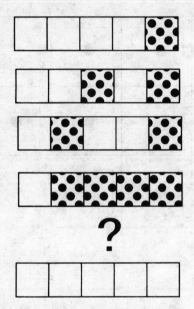

 答案

问题。

美貌。

他走私军火。

杨桃（羊逃）。

如图：

018 **脑筋急转弯**

一个挂钟敲六下要 30 秒，敲 12 下要几秒？

请问英语有多少个字母？

老王从九岁开始有虫牙，为什么 90 岁时他的牙都还在？

火 眼 金 睛

下图的方格中，缺少 A～E 中哪个方块图？

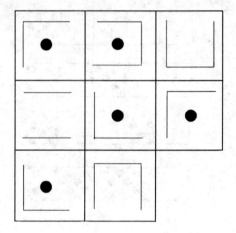

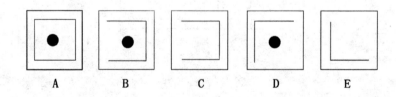

A   B   C   D   E

答案

66 秒。

没有字母是中文。

戴的假牙。

B。每行每列中前两个方框相加，得到第三个方框，但其共有的圆形被
删去。

019 脑筋急转弯

什么东西可以死很多次，而且一般情况下每次死的时间不超过 1 分钟？

有甲、乙、丙三人跳伞，甲、乙带着伞，丙则无，但后来反而丙没事，甲、乙都有事，为什么？

世界上任何地方找不出如此便宜的住所，是什么地方？

有一种活动能够准确无误地告诉你：美人不是天生长出来的，而是七嘴八舌说出来的，这是什么活动？

学贯古今

"山外青山楼外楼"在原诗《题临安邸》中的下句是：

A. 西湖歌舞几时休　　　　　　　　　　　B. 桃花依旧笑春风

 答案

微机。

甲、乙为丙办丧事。

牢房。

选美。

A。

O2O 脑筋急转弯

小虎的车既没有锁，也没有违规，但是仍然被锁上了，为什么？

谁会连续摇头半个小时以上？

对一个打算把头发留到腰部的人来说，最重要的一件事是什么？

火 眼 金 睛

下面这个游戏看似复杂，实则很简单。你需要做的，只是将图中的空格补上图形而已，现在开始吧！

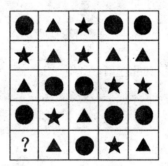

答案

不知道哪个迷糊蛋锁错了。

看球赛的。

晚上不要穿着白衣服出门。

仔细观察就会发现，原来这张图表里有 3 种图案，它们的排列特点是由里到外形成一个旋涡状，如图所示：

021 脑筋急转弯

什么东西不怕布，只怕石头？

一人一点是什么字？

山冈上有三只狐狸，猎人开枪打死了一只，问山冈上还有几只狐狸？

小试牛刀

从某个字母向左走两步，再向右走三步，再向左走两步，再向右走三步，正好停在字母E上。这个字母是什么？

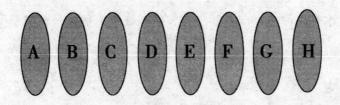

答案

剪刀。

太。

一只，没打中的都跑了。

C。

022　脑筋急转弯

一个人请人画十二生肖像，最后只剩下蛇没画，画师怎么也不肯画了，为什么？

亮亮开着车跟在一辆敞篷车后面，那车却没有司机，为什么？

幼儿园的老师拿出一包糖，准备分给小朋友吃，如果一人分一块，便多出一块，一人分两块，又欠两块，最少有几个小朋友？几块糖？

小明买了一兜水果，回到家却两手空空，他保证没有偷吃，也没有弄丢，那是什么原因呢？

学贯古今

被称做"法国号"的乐器是？

A. 小提琴　　　　　　　　B. 圆号

答案

因为他怕画蛇添足。

车已坏，要靠前面的车拖着走。

三个小朋友四块糖。

送人了。

B。

023 脑筋急转弯

除了动物园和非洲可以看到长颈鹿外，还有哪些地方看得到？

大勇说他和学校的老师很熟，在学校里哪里都能进去，但小涵偏说他有一处地方永远也不能进去，是什么地方呢？

星期二过去是星期三，星期三过去是星期四，星期四过去却是星期天，为什么？

有个胖子上了公共汽车，没有月票，也没有买票，售票员为什么让他从起点坐到终点？

火眼金睛

观察时钟的时间规律，然后说出底部时钟应为几点？

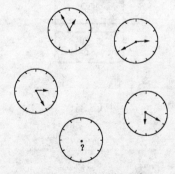

答案

电影院。

女厕所。

多撕了两张日历。

他是司机。

9点55分。从左上角开始，沿顺时针方向进行，每次分针依次后退15分，20分，25分，等等，而时针依次前进2小时、3小时、4小时……

024 脑筋急转弯

小明5岁，小亮3岁，小涵比他们俩各相差一岁，那么小涵有几岁？

小涵捉到一只小鸟，她把小鸟放在桌子上，小鸟却没有飞，是什么原因？

大勇总爱吹牛，他说他能不用任何容器将一杯水带走，小朋友都不相信，但他却做到了，是怎么回事呢？

猫和猪有何区别？

小试牛刀

根据前面给出的四个数字，你能推出第五个数字是什么吗？

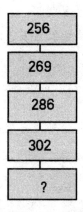

| 256 |
| 269 |
| 286 |
| 302 |
| ? |

A. 305   B. 307   C. 310   D. 369

 答案

四岁。

鸟已死。

将杯子倒扣在装满水的盆子里。

一种是宠物一种是食物。

B。

025 脑筋急转弯

某岛上有只乌龟，岛正中央是棵椰子树，岛的旁边还有一座岛，乌龟想过去，但又不太会游水，请问它该怎么过？

武士刀和日本浪人有什么关系？

餐厅里，有两对母女在用餐，每人各叫一个 700 元的牛排，付账时却只付 2100 元，为什么？

学 贯 古 今

一公斤铁和一公斤棉花哪一个重？

A. 棉花重   B. 铁重   C. 一样重

它还在想。

他们是剖腹之交。

这两对母女是奶奶、妈妈、女儿。

C。

026 脑筋急转弯

阿美念 T 大哲学系，她每天早上都挤八点的公车去上学。今天她挤上车后恰好有一空位，阿美坐上去后不知不觉地就睡着了，突然一觉醒来，发现全车除了她空无一人，但车子还在前进，为什么？

走进一家店，看见老板和客人正在议价，老板拼命杀价，而顾客却一直抬高价钱，为什么？

某人买了易开罐农药，打算自杀，他的情人也要求同归于尽，但农药用量必须一整罐才会毙命，结果两个人都死了，为什么？

有一个婴儿喝了牛奶之后，一星期重了 10 公斤，为什么？

开心加油站

小孙子很不听话，都上小学了还要爷爷接送。爷爷语重心长地教育他说："你呀真不听话，都这么大了还要我来接送，想当年，我三岁就能自己骑自行车上学了。"此话一出，爷爷自己也觉得牛吹大了，小孙子更是不信，说："三岁你还没自行车高呢，够都够不着，怎么能骑？"爷爷脸一红，想了一会说："我站在小板凳上不就够着了吗？"又加了一句："不信，你去问你爸去，还是他教我学的自行车呢。"

答案

车子抛锚了司机和乘客都在下面推车。

因为客人来卖车。

打开农药罐已坏，又拿了一罐。

那是一头小牛。

027 脑筋急转弯

为什么李爷爷被歹徒抢走了一万元之后，不但不心疼，反而哈哈大笑？

"失败为成功之母"，那成功为失败的什么？

有一个胖子和瘦子走在一起，胖子突然被掉落的高压电线打倒，死了，而瘦子并未碰到胖子或电线，可是他也死了，为什么？

某人有喝一瓶高粱酒的量，但今晚他只喝了半瓶啤酒就醉了，为什么？

火眼金睛

A、B、C三个选项中，哪个可以接续上图序列？

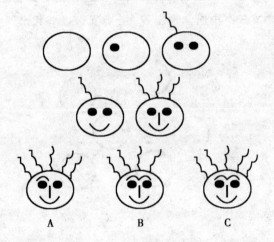

 答案

因为那名歹徒是他上幼儿园的孙子扮演的。

反义词。

吓死的。

他当晚刚喝了一瓶高粱酒。

A。所给图形的构成元素以1，2，3，4，5……依次递增的规律排列。

028　脑筋急转弯

什么时候会看到最多的星星？

恐龙为什么会灭亡？

喝可乐可以再来一罐，买洗衣粉也可以买大送小，那请问什么店不能买一送一？

圣女贞德是哪国人？

小 试 牛 刀

听说智者要招收最后一个学生，很多聪明的人都想成为智者的学生，以便学到更多的知识。他们来到智者的门前，看到了智者画在墙上的 6 个小圆（如图）。旁注说：现在要把 3 个小圆连成一条直线，只能连出两条，如果擦掉一个小圆，把它画在别的地方，就能连出 4 条直线，且每条直线上也都有 3 个小圆，谁能第一个画出，我就收谁做我的学生。

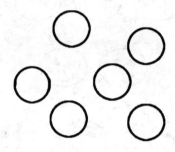

答案

踩到地雷时。

那个时候没有动物保护协会。

棺材店。

天国。

把最左边的小圆画在极远的右边，如下图所示。

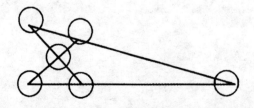

029 脑筋急转弯

为什么天上会有星星？

当跳到黄河也洗不清的时候，该如何澄清自己？

骑马的蒙古人，是怎么走路的？

小龙的爸爸看到小龙书包里塞满了钞票，却视若无睹，为什么？

学贯古今

下面哪种真正是"鱼"？

A. 木鱼   B. 鲸鱼   C. 乌鱼

答案

证明爱因斯坦的相对论。因为地上有猩猩，所以天上也要有"星星"。

跳到澄清湖里。

走马步。

那是儿童玩具。

C。

030 脑筋急转弯

一只母猪带着10只小猪过河，背上放上3只，过河后一算，还是10只小猪，为什么？

有一天，小英看到小明随即惊叫，小明见状，也跟着惊叫，为什么？

小王开医院，生意一直不是很如意。一天他的医院突然车水马龙排了一大堆人，为什么？

身高168厘米的小华，有一天去看棒球赛回来却变成170厘米，为什么？

开心加油站

某大学校规极严，夜不归宿将开除。有仨哥们回来晚了，准备翻墙进来，一兄弟很小心地探头看墙内，见一民工站此，小声问："有学校保安没有？"民工很镇定地做了个"ok"手势。三男生一阵狂喜，翻墙进去，被蹲坑在此的三个学校保安成功抓获。带走前，三男生回头向民工埋怨道："你不是告诉我们'ok'吗？"民工苦笑道："我不是用手指比了吗，告诉你们有'三个'啊！"

 答案

母猪不会算数。

因为他们正在玩游戏。

因为他在医院门口贴了张今日住院3折的通知。

因为他被球击中了头，长出了一个两厘米的包。

031 脑筋急转弯

在汽车比赛中，有辆车撞上大树，车子完全撞烂，开车者却毫发无伤，为什么？

歹徒抢劫 MTV 店，朝店主开了一枪，店主情急之下抽出一卷影带挡，居然平安无事，为什么？

学贯古今

哈雷彗星的最早记录是哪国人留下的？

A. 美国人   B. 德国人   C. 中国人

 答案

开的是遥控车。
歹徒拿的是水枪。
C。

032 脑筋急转弯

为什么夏天才有台风?

为什么闪电总是比雷快?

一个即将被枪决的犯人,他的最大愿望是什么?

身为中国人,你知道为什么中秋节一定要吃月饼吗?

火眼金睛

场上有 10 个人,请画出 3 条线,把场地划分成 5 块,使得每一小块场内只有 2 个人。

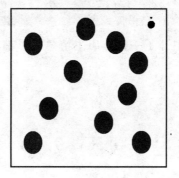

答案

因为台风要冬眠。

因为雷公说女士优先。

穿上防弹衣。

你想吃太阳饼也行呀。

如图:

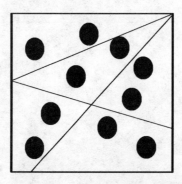

033 脑筋急转弯

大头买了一双鞋，从来没穿过，提着鞋子到处走，到底是为了什么？

小华请李明依签名，李明依怎么都不肯答应，为什么？

小陈一不小心撞到电线杆，为什么连手也会痛？

一位司机上了他驾驶的汽车后，做的第一个动作是什么？

传说中遇见白无常者活，遇见黑无常者死，那么同时遇见黑白无常呢？

学贯古今

每一个少数民族都有自己喜爱的颜色，生长在大草原的蒙古族喜爱。

A. 红色　　　　　　B. 黄色　　　　　　C. 白色

答案

他说鞋子穿久了会坏。

小华请他签在表格的配偶栏里。

因为小陈狠狠地揍了电线杆一顿。

第一个动作是坐下。

吓得半死不活。

C。

034 脑筋急转弯

有一天著名歌手罗大佑出现在热闹的西门町街头，为什么没有人认出他来？

何时是离婚最好的日子？

怎么样才能使男人一见钟情？

两位爸爸、一个儿子同处一室，三人合计却有九只手，为什么？

开 心 加 油 站

老师："小明，请用'长城'造句。"

小明："长城很长。"

老师："这个不行，再造一个"。

小明："老师，我又不是秦始皇，造不了。"

 答案

因为他忘了戴墨镜。

1 月 23 日（自由日）。

别让他看你第二眼。

祖孙三代同是扒手。

035 脑筋急转弯

波斯湾战争中，为什么美军在夜间死伤比伊军少？

富商陈氏死于书房，虽然墙上有三个弹孔，但他的身上却没有外伤，你猜是怎么死的？

去年遗传学界最伟大的发现是什么？

有什么事比亲眼看着好朋友上电椅更痛苦？

学贯古今

"泾渭分明"指的是：

A. 泾水清，渭水浊　　　　　　　　B. 泾水浊，渭水清

美国黑人较多。

嘲笑枪手枪法太差笑死了。

麻雀变凤凰。

他临死还握着我的手。

A。

036 脑筋急转弯

什么老鼠爬得最慢？

艺人方芳和方芳芳有什么关系？

顶地立天是什么意思？

有一段 100 米长的铁轨上面每隔 1 厘米放一条横木，请问共放几条横木？

火 眼 金 睛

下面哪个图与其他的图不相关？

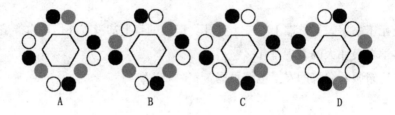

A   B   C   D

答案

乌龟身上的老鼠。

一个是方的平方一个是方的立方。

倒立。

0，铁轨上不放横木。

D。B、C 图形为图形 A 每次逆时针旋转 90°所得。

037 脑筋急转弯

有一天，一班学生正在小考，有一个学生，他答出来之后，为什么老师还批评他一顿？

不孕症妇女的孩子，会不会遗传她的不孕症？

小男孩和小女孩在一起不能玩什么游戏？

某人患了高血压，医生说不吃太咸的就没事了，但是他一听却决定要搬家，为什么？

答案

因为他把答案念给同学听。

不孕症妇女根本就生不出孩子。

不能玩猜拳（两小无猜）。

因为他住在台南的盐水，打算搬到台北的淡水。

038 脑筋急转弯

一家洗衣店招牌写着"二十四小时交货"。今天小高拿衣服去洗，为何老板说要三天后才能交货？

心有余而力不足作何解释？

小明每天都和妈妈上街买菜，每次都捉着妈妈的裙子，但这次却迷路了，为什么？

什么怪大家都不害怕？

开 心 加 油 站

两位棋手一动不动地在棋盘前已经沉默地坐了五个钟头了。他们全神贯注地盯着每粒棋子。突然，一位棋手说："原则上我是反对在下棋时说话的，但是我现在不得不开口问：现在究竟该谁走下一步棋了？"

答案

因为每天工作八小时三天正好 24 小时。

我知道意思但不会解释。

因为这次妈妈穿着迷你裙。

难怪。

039 脑筋急转弯

走夜路犯了烟瘾，有烟无火时该怎么办？

如果你在尼斯湖划船时，水怪突然在附近冒了出来，而你却忘了带相机，这时该怎么办？

月圆之夜，全世界的鬼魂都聚集在一起开狂欢大会，偏偏只有狼人没有到，为什么？

小庄终于考上台大，有天晚上在校园里，他竟然看到了一个死去多年的高中同学，为什么？

小试牛刀

下图中有个数字比与其距离三个格的数字多 3，比距离它一个格的数字少 2，比距离它两个格的数字多 5，比距离它一个格的数字多 4，比距离它三个格的数字多 6，比距离它两个格的数字少 4。这个数是几？

19	2	35	7	9
24	23	25	3	17
27	11	31	13	8
4	18	14	27	10
30	16	12	15	20

答案

看看有没有鬼火可以点。

担心别的游客会拍下你最后的镜头。

狼人是妖怪不是鬼。

那是解剖台上的尸体。

这个数是 23。如图：

19				
	23	25		17
	18		27	
				20

040　脑筋急转弯

秦始皇、斯大林和希特勒一起在地狱受审，同样被判下油锅的酷刑，为什么秦始皇、斯大林面前都是一锅滚烫的油，希特勒的却是热开水？

人死了为什么要埋在地下？

仁慈的皇帝却常常灭人九族来惩罚罪犯，为什么？

在学校犯错被逮到之后当然会被记过，那为什么还要写悔过书呢？

为他行刑的是犹太人。

去阴曹地府比较顺畅。

怕有人伤心。

以便立志下次再也不要被抓到。

041 脑筋急转弯

如果你的朋友是个赛车选手，不慎在比赛中撞断腿，你该怎么安慰他？

有一天小董上完物理课后，突然想效法牛顿，就到苹果树下，这时也刚好掉下一颗苹果，砸到小董的头，你猜小董怎么说？

为什么长颈鹿的脖子那么长？

小 试 牛 刀

狂欢小丑英勒斯说得很对。这个老板是个非常迷信的人，他总是把 1 到 11 这几个数字写在转盘上并使每条线上的 3 个数字相加后等于 18。那么，你能把这些数字正确填写吗？

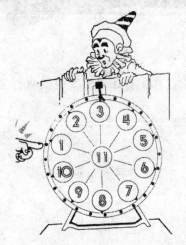

答案

希望他下次比赛不要半途而废。

这个苹果是熟的。

因为它的头那么高需要长脖子来接起来。

如下图所示：

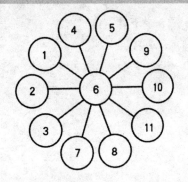

042 脑筋急转弯

有一个人想要过河但水流很急，这里有一把梯子和木头，但梯子还差 10 米，木头只有 5 米，请问他怎样才能过河？

吸血鬼卓九勒，饿了两个月，好不容易找到一个男人吸血，没想到血一吸完，卓九勒一命呜呼，这究竟是怎么一回事？

小陈是个大家公认的穷光蛋，但是他居然能日掷千金，为什么？

小毕是学校出了名的逃课王，几乎有课必逃，但是有一节课，他却不敢逃，永远准时不缺课，请问是哪一课？

学贯古今

为什么说"运动不宜饮酒"？

A. 会降低运动员的反应能力 　　　　　　　B. 会降低运动员的运动能力

 答案

走桥。
因为两个血型不一样。
小陈是银行的运钞员。
下课。
B。

O43　脑筋急转弯

休息的意义是为走更远的路，那么补考的作用是什么？

考一个亲属称呼的问题，如果你曾祖父的儿子，你叫爷爷，那么你祖父的儿子，就是娶了你妈妈的那个人，你应该叫他什么？

华盛顿小时候砍倒他父亲的樱桃树时，他父亲为什么不马上处罚他？

美人鱼最怕遇到谁？

开心加油站

印第安人问他们的新酋长，这个冬天会是寒冷的还是温暖的。这位年轻的酋长从没学过祖先的本事，他只是吩咐他们去捡木柴，然后，他走到一边，给国家气象局打电话。"今年冬天的天气会不会很糟糕？"他问。"看上去是这样的。"他得到这么个回答。于是酋长要求大家收集更多的木柴。一个星期后，他又打电话给国家气象局。"你肯定今年冬天会非常冷？""毫无疑问。"酋长要求族人继续捡更多的木柴。然后，他再次给国家气象局打电话："你肯定吗？""我告诉你，那将是有史以来最寒冷的冬天。""你怎么知道？""因为印第安人正在发了疯似的捡木柴！"

为了念更多的书。

爸爸。

因为他手头上还有斧头。

加菲猫。

044 脑筋急转弯

麦可杰克森的儿子是幸福的，为什么？

主演最多电影的是谁？

妈妈叫小民去拿碟子盛菜，小民拿来了，却被骂了一顿，为什么？

唐老鸭最怕什么事？

火 眼 金 睛

下图中的数字，只需要遮掉其中的四个，就可以使竖列和横列的数字总和等于70。你知道应该遮掉哪四个数吗？

21	28	21	21
42	14	14	14
21	14	14	35
7	28	35	35

他可以把他爸爸的鼻子拿下来玩。

是领衔主演，每片都有呀。

他拿的是光碟。

发现原来自己是白天鹅。

如图所示。

045 **脑筋急转弯**

强尼每天晚上做梦都梦到猫要吃他，他又不是老鼠，为什么？

王小明要跳水了，可是为什么围观的群众愈来愈多，却没有人想救他？

超人走到电话亭前突然哭了起来，为什么？

月黑风高的晚上，传来一阵又一阵的狗吠声，外面却突然响起"咚咚咚"的敲门声，你猜会是谁呢？

小 试 牛 刀

每行的规律相同，哪个数字填在问号处，能完成谜题？

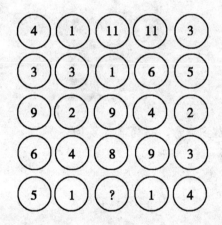

他白天在迪斯尼扮演米老鼠。

正在举行跳水比赛，他是参赛选手。

他严重发福所以进不去了。

不管是谁劝你还是别开门好。

7。每行中间数字等于左边数字之差加上右边两数字之差。

046 脑筋急转弯

两岁的叮当为什么看到隔壁的欧巴桑都叫他"伯伯",而对方一点也不生气?

电视对人类最大的贡献是什么?

男生和女生有什么共同点?

一根木头重5吨,从上游到下游,需载重为多少的船?

什么样的轮子只转不走?

学贯古今

"三过家门而不入"是哪一位历史人物的故事?

A. 禹   B. 舜   C. 尧

> 因为他是阿拉伯人。
>
> 让世界了解了准时的好处。
>
> 都是学生。
>
> 不用船,把木头放在水里就可以从上游运到下游了。
>
> 风车轮子。
>
> A。

047　脑筋急转弯

哪一种草的生命力最强？

怎么称呼一只不会叫的狗？

又小又大的是什么？

要如何教一只螃蟹爬山？

开心加油站

　　一对老夫妇到汉堡王用餐，两人小心翼翼将汉堡和薯条分成两份。有个卡车司机看了觉得于心不忍，主动示意要买一份餐请老太太吃。老先生说："没关系，我们什么都分着吃。"

　　几分钟后，司机见老太太一口都没吃，再次说道："我真的很愿意买一份餐请老太太吃。"

　　老先生叫他放心："她会吃的，我们什么都分着吃。"司机不相信，恳切地对老太太说："您为什么不吃？"老太太没好气地说："我在等他的假牙！"

墙头草风吹两边倒。

狗。

尖。

要他横着上去就行了。

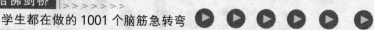
048 脑筋急转弯

二十世纪最出风头的超级巨星是哪一位？

美丽为何一天到晚吐舌头？

阿姆斯壮登陆月球，他说的第一句话是什么？

小试牛刀

图中9个方框组成4个等式，其中3个是横式，1个是竖式。如何在这9个方框中填入1~9数字，使得这4个等式都成立。注意，每个数字只能填一次。

$$\square - \square = \square$$
$$\square \div \square = \square \quad \times$$
$$\square + \square = \square \quad \parallel$$

答案

海尔波普彗星，千年才见一次。

它是狗。

美式英语。

如图所示。

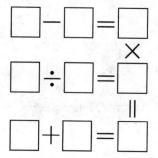

$$9 - 5 = 4$$
$$6 \div 3 = 2 \quad \times$$
$$1 + 7 = 8 \quad \parallel$$

O49 脑筋急转弯

五根手指头少掉两根会变成什么？

大华坐公车为什么不用付钱？

不会讲外语的大明和不会讲中文的外国人有说有笑，他们是怎么办到的？

武松到底犯了什么罪，为何被抓？

火 眼 金 睛

将下图分成形状、面积相同的四份，使每份中各数相加的和相等。

8	3	6	5
3	1	2	1
4	5	4	2
1	7	3	9

残废。

因为公车还停在站上。

他们俩讲哑语。

打死受保护的动物。

如下图所示：

8	3	6	5
3	1	2	1
4	5	4	2
1	7	3	9

050 脑筋急转弯

什么人最喜欢拍照？

最具有经济价值的瓜是哪一种？

小红帽从大野狼面前走过，大野狼为何没有发现她？

你知道最大的捐血中心由谁负责吗？

小白买了一盒蚊香，平均一卷蚊香可点燃半个小时。若他想以此测量 45 分钟时间，他该如何计算？

学贯古今

美国历史上第一所高等学府是：

A. 剑桥大学　　　　　B. 牛津大学　　　　　C. 哈佛大学

 答案

观光客。

南瓜，可以变成灰姑娘的马车。

小红帽这天没有戴帽子。

蚊子。

先将一卷蚊香的两端点燃，同时将另一卷蚊香的一端点燃。

C。

051 脑筋急转弯

"头大了！"表示什么意思？

如果恐龙没有绝迹，世界将会变成什么样子？

大力水手卜派吃了一罐菠菜，为什么没有变成大力士？

歌仔戏和歌剧有什么不一样？

开心加油站

兽医给我们家那只老猫"老虎"开了处方。经过一番冥思苦想，我老公想出了一个喂药的妙招。这个办法是先把"老虎"裹在毛巾里，然后老公用膝盖把包裹夹住，迫使"老虎"张开嘴，最后把药片放在它的舌根下。正当老公为自己的足智多谋沾沾自喜的时候，一个不留神，对"老虎"和药片都失去了控制。"老虎"挣脱了他的束缚跳到了地上。"老虎"嗅了嗅滚落到地上的药片，舔起来，吃了！

答案

孩子长大了。

再也不稀罕它们的存在。

他拿的是婴儿食品。

其实是一样的，一个是传统歌仔戏，一个是西方歌仔戏。

052 脑筋急转弯

苹果和地心引力有什么关系？

想想看，如果外星人来到地球，他说的第一句话将会是什么？

伍子胥过昭关，为何在一夜之间头发全变白了？

现今最流行的电子鸡带来什么风潮？

因为有地心引力，苹果才会掉在地上。

外星话。

他忘了带染发剂。

让商人大发利市。

053 脑筋急转弯

左眼跳财，右眼跳灾，如果左右眼皮一起跳呢？

为什么很多学生上课会打瞌睡？

麦克杰克逊为什么要去做漂白手术？

小试牛刀

汤姆潜心于围棋棋艺，但水平总不见提高，便决心向棋道高手格林拜师学艺。见了老师，说明来意之后，格林将汤姆引入棋室，指着桌上的一个棋盘（如图）说："我给你 18 枚黑棋子，你在棋盘的小方格上摆棋子，每格只能放 1 个，要使每行每列都有 3 枚棋子。你过了这一关，我才能收你为徒。"该怎么排列呢？

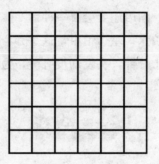

答案

破财消灾。

前几节没有睡足。

怕遭到不白之冤。

如下图所示。

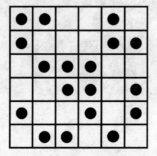

054 脑筋急转弯

小美养了一头凶猛的狼犬，为什么它却从不咬胖子？

目前国内哪些人拒二手烟最积极？

在台湾想从政，除了闽南语、国语还要会哪一种话？

左边是绿，右边是红，右边怕水，左边怕虫，这是哪个字？

小强在大雨的旷野中奔跑了十分钟，头发却没有湿，为什么？

学 贯 古 今

金庸的籍贯是：

A. 浙江海宁   B. 浙江杭州

 答案

他只吃瘦肉。

坚持抽第一手烟的老烟枪。

肢体语言。

秋。

因为小强打着伞。

A。

055 脑筋急转弯

一岁的小毛不小心吞下了一枚 1 元的硬币，爸爸紧张地将他倒提起来往背上一拉，可是小毛吐出来的却是一枚 10 元硬币，这时该怎么办？

三个苹果吃掉一个，为什么还是三个？

被人家放了鸽子还很高兴的是谁？

女超人身上哪一个洞最小？

开 心 加 油 站

老李坐在家门口乘凉，看着高速公路从村里的田里穿过，气势壮观。一会他看见开过来一辆车，在路边停下，下来一个人，在路边挖了一个坑，然后回到车里。过了一会，车上下来另一个人，把坑又填上了。车子向前走了一段距离，那个人又下来挖了个坑，过一会，又是另一个人把坑填上，就这样，车子每走一段，就重复一次挖坑，休息，填坑。老李十分迷惑。他忍不住跑过去问道："你们在做什么？"两个工人回答道："我们三个在进行一项绿化高速公路的计划，今天负责栽树的那人病了！"

继续喂他吃 1 元的硬币。

两个在外面一个在肚子里。

鸽子。

耳洞。

056 脑筋急转弯

小王开着空计程车出门，为什么一路上都没有人向他招手租车？

大富翁快要死了，却担心不成器的儿子坐吃山空，他该怎么办才好？

阿火在营光日的考试全部答对，为什么却没得到满分？

为什么男生年满二十岁就一定要入伍当兵？

小 试 牛 刀

你能把 5 个棋子放在 5×5 的棋盘上，使 5 个棋子不同行、不同列，不在同一条对角线上吗？

答案

他走的是高速公路。

规定儿子以后站着吃。

因为考的是是非题。

因为兵不可以在家当。

如下图所示：

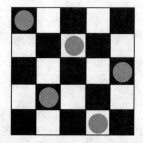

057 脑筋急转弯

攻城时为什么都要杀个鸡犬不留？

阿兵哥们为什么会把手榴弹叫做铁蛋？

火 眼 金 睛

要从 A 处按箭头所示走到 B 处，在 1~13 的黑点处，可以左右上下走动，而在其他十字路口只能直行，在"T"字路口只能朝左拐弯，应该如何走？

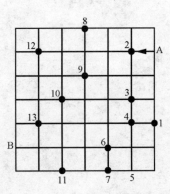

加菜。

碰上了铁定完蛋。

A—2—3—10—11—7—6—B。

058 脑筋急转弯

步兵是走的，什么兵却随时要跑的？

国旗和军旗差在哪里？

王上尉的老婆跟他说梦到自己变成上校夫人，王上尉很高兴，但是没多久王上尉却独自喝起闷酒来，为什么？

一条小船要渡37人，一次只能有7人，几次能渡完？

用什么可以解开所有的谜？

学贯古今

《三国演义》中的"凤雏"是谁？

A. 诸葛亮　　　　　　　B. 周瑜　　　　　　　C. 庞统

答案

逃兵。

插在旗墩上。

他老婆改嫁给了一位上校。

六次，因为每次得回来一个划船的。

谜底。

C。

059 脑筋急转弯

士兵甲偷用了士兵乙的牙刷，士兵乙有 B 型肝炎，为什么士兵甲却没有被传染？

好巴结的陈连长特别在师长儿子生日那天准备了一份礼物送师长的儿子，为什么师长的儿子一脚就把礼物给踢开了呢？

一个胖子和一个瘦子一起跳楼，谁先到达地面？

二次世界大战时，日本训练了很多神风特攻队员，战后剩下的那些人呢？

开心加油站

某君住院，第一天为他检查的是眼科医生，第二天是喉科，第三天是呼吸系统，第四天是消化器官，第五天进病房的是一个带着铁桶、布片和刷子的人。这位病人惶惶不安地问："今天还要检查什么？"这人愣了一下，然后笑着说："不，我是来擦玻璃窗的。"

 答案

他拿去刷皮鞋了。

那礼物是一只足球。

围观的群众。

在台北开计程车。

060 脑筋急转弯

某部队弹尽粮绝被包围了很久，空军终于赶到，却只空投了一块大石头又飞走了，为什么？

小明跳进了河里为什么没死？

怎样用手使一个不会上升的气球到达最高处？

怎样使纸船在水里不会被水浸坏？

火眼金睛

图中方框里的每一种符号代表一定的数值，上方和右方标出竖列和横行各数相加之和。请在问号处填上正确的数字。

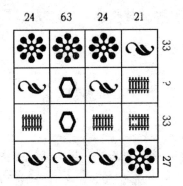

答案

让他们刻阵亡将士纪念碑。

河里没水。

把气放掉然后把气球使劲扔天上去。

在纸上涂一层蜡。

39。各符号代表的数值：=9，～=6，▦=3，⬡=24。

061　脑筋急转弯

香港最出名的是什么？

睡美人最怕什么？

一位游泳运动员横渡了英吉利海峡。当他登陆时，大家都为他喝彩。但一个犹太人却批评他："……"她说什么？

有一天坐公共汽车，车内买票人数只有车上人数的1/3，售票员对此无动于衷。假设有月票的人也买了票，而且无一个小孩，请问这种情况会不会有？

小 试 牛 刀

有一个三位数，减去 7 后正好被 7 除尽；减去 8 后正好被 8 除尽；减去 9 后正好被 9 除尽。你猜猜这个数最小是多少？

答案

香港脚。

失眠。

你不知道这里有航船吗？

只有一个乘客。

504。它是 7、8、9 的最小公倍数，即 7×8×9＝504。

O62 脑筋急转弯

　　古先生有一晚从公司办公室走出，去拜访几位顾客。当他回家后，忽然发觉钥匙还留在办公室里，但是他仍很快走进家门。他并不是爬墙进去的，也没有把备用钥匙藏在别处。他到底是怎么进去的？

　　黄先生善于找寻失物，再细微的东西，他都可以找得到。但是有一次他丢了一件东西却怎么也找不到，为此大伤脑筋！他到底丢了什么东西？

　　今天我吃了 3 个猪、3 个牛、5 个羊、7 个大鱼，可不一会儿肚子又饿了。这可不可能呢？

　　小刘是个很好的电工师傅，可他今天修好的灯却不亮，为什么？

学 贯 古 今

坏血病是因缺什么而造成的？

A. 维生素 A   B. 维生素 C

住宅和公司在同一栋大楼里。

他丢的是隐形眼镜。

吃的是动物饼干。

今天停电。

B。

063 脑筋急转弯

施老师嗜书如命。一次，他问我："怎样看书最快？"我一下子被问住了，你能回答吗？

奶奶要把 5 颗巧克力糖平均分给 2 个孙子，但又不愿把余下的糖切开，她该怎么做？

一只瓶子里装满了水，如果要使水从瓶中能最快地倒出来，最好采取哪种办法？

你知道 100 粒"喔喔奶糖"中哪一粒最甜吗？

开 心 加 油 站

小明告诉妈妈，今天客人来家里玩的时候，哥哥放了一颗图钉在客人的椅子上，被我看到了。妈妈说："那你是怎么做的呢？"小明说："我在一旁站着，等客人刚要坐下的时候，我将椅子从他后面拿走了。"

答案

只看封面。

每个孙子两颗糖，自己一颗糖。

将瓶子打碎。

第一粒。

064　脑筋急转弯

有瓶葡萄酒，小王用尽办法都无法拔出瓶塞。他不打破酒瓶，也不钻洞，仍然喝到了酒，为什么？

秦始皇为什么需要这么多兵马俑陪葬？

小莫是个出了名的仿冒大王，为什么他却能逍遥法外而又名利双收呢？

火 眼 金 睛

下面问号处应该填什么数？

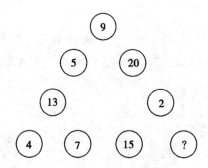

答案

把软木塞捅到瓶子里。

准备到阴间去发动战争。

他专门在电视上模仿别人的动作和声音。

11。三角形的每一条边上，首尾两数字之和和首尾两数字之差分别为其余两数字。

065 脑筋急转弯

一个阴森的夜晚，眼看一个长发披肩，脸色苍白的女孩，用手去摸却摸不着，为什么？

什么地方很轻松就可以爬上去，却很难下来？

小华在偷偷地看一本书，妈妈看后吓了一跳，为什么？

小明到动物园玩，看到一只大黑熊，很高兴地摸摸它，但那只大黑熊一点也不生气，为什么？

小试牛刀

根据规律，选择问号处的数字。

$$3 \quad 7 \quad 47 \quad 2207 \quad ?$$

A. 4414   B. 6621   C. 8828   D. 4870847

 答案

中间隔着透明的玻璃窗。

床上。

那本书是鬼故事。

那只大黑熊是个标本。

D，第一项的平方—2＝第二项。

066 脑筋急转弯

一张桌子有四个角，砍去一个角，还剩几个角？

开往宁波的轮船边上挂了一架软梯，离海面 15 米，海水每小时上涨 15 厘米，几小时后海水会淹没软梯？

"东方"轮上的大副说他去过没有春夏秋冬，没有昼夜长短变化的地方，那是什么地方？

佳佳和小猫玩得正高兴，突然她看见小猫越来越小了，为什么？

学贯古今

汉字"廿"表示：

A. 二十　　　　　　　　B. 三十　　　　　　　　C. 四十

5 个或 3 个、4 个。
水涨船高软梯永远不会淹。
赤道。
小猫离佳佳越来越远了。
A。

067 脑筋急转弯

早上，玲玲到刘大妈那儿买茶叶蛋，手上的钱正好买 2 个，刘大妈却不卖给她，这是怎么回事？

有个人生于公元前 10 年，死于公元 10 年，死的那天正好是生日的前一天，此人死时到底活了几年？

女王说："原来有个弟弟胆子很小，一点受不了惊吓。有天夜里弟弟做了噩梦，梦见敌国的武士冲入皇宫，将剑刺入他的心脏。弟弟受到这个惊吓，在梦中就死去了。"你相信她说的话吗？

有人想把一张细长的纸折成两半，结果两次都没折准：第一次有一半比另一半长出 1 厘米；第二次正好相反，这一半又短了 1 厘米。试问：两道折痕之间有多宽？

开心加油站

一醉鬼喝多了，跟跟跄跄走来，他对正走过他身边的一位少女问道："我的头上有几个包？"那位少女吓坏了，连忙说："有 3 个包。"醉鬼说："哦，再走过第 4 个电线杆就到家了！"

答案

茶叶蛋还没有煮好。

19 年。

不相信，因为弟弟在梦中被吓死不可能告诉她。

1 厘米。

068 脑筋急转弯

　　李大叔在马车上套了一匹马赶路，走了几公里路嫌太慢，又套了一匹马。可套上这匹马以后，两匹马却怎么也拉不动这辆马车，为什么？

　　一天慢 24 小时的表是什么样的表？

　　一张扑克牌背面向上放在桌上，你能不能想出一个好办法，知道扑克牌的花样？

　　司机李强坐上驾驶座开动汽车之前，做的第一件事是什么？

小 试 牛 刀

　　把 1、2、3、4、5、6、7、8、9 这九个数分别填入在下图中的九个○内，使不等式成立，你能帮忙填上吗？

```
○  <  ○  >  ○
∧     ∧     ∧
○  <  ○  >  ○
∨     ∨     ∨
○  <  ○  >  ○
```

　　李大叔把那匹马套在了相反方向。

　　停着不走的表。

　　把牌翻开看一下。

　　关上车门。

　　如下图所示。

```
①  <  ⑤  >  ②
∧     ∧     ∧
⑥  <  ⑨  >  ⑦
∨     ∨     ∨
③  <  ⑧  >  ④
```

脑筋急转弯

世界上最牢固的琴是什么琴？

长胡子的山羊是母羊还是公羊？

李东对张南讲，他昨天刚出差到广州，晚上给家里打电话时妻子问他是不是把家里信箱钥匙带走了，他一找，果然是的。今天他赶紧把钥匙放在信封里寄了回去。张南一听，骂李东是笨蛋。你说这是为什么？

有一座长 10 米的木桥，最大载重量是 3 吨。现有一辆 2 吨重的卡车，载了一根长 30 米、重 3 吨的铁链，要通过这座木桥。如不能将铁链分开，有什么简单可行的方法可使卡车安全通过？

钢琴。

山羊无论公母都长胡子。

因为钥匙被投到信箱里了，还是拿不到。

只要让卡车拖着铁链过桥就可安全。

070 **脑筋急转弯**

一只饿得精瘦的狼突然发现一个无人看守的羊圈，勉强从很窄的口子内挤了进去，想饱餐一顿，可是羊拖不出去，口子太窄，最后狼还是把羊拖出了羊圈，饱餐了一顿，它用的是什么方法？

饲养员将一串香蕉挂在竹竿上，要求大猩猩不搭凳子，不砍断竹竿拿下它。聪明的大猩猩想了想很快取到了香蕉。它是怎样拿到的？

有人被番茄打成重伤，这是怎么回事？

为什么女人的衣服总是少一件？

陈先生走在路上，眼前有一张千元大钞，他明明看见了，为什么不去捡？

学贯古今

黄山分为前海，天海，北海，东海，西海等五大景区，所谓的"海"指的是什么？

A. 松海   B. 云海

先将羊咬死再咬成一块块的肉然后运出去吃掉。

把竹竿放倒。

罐装番茄。

因为她穿在身上。

那张千元大钞票拿在别人手里。

B。

071 脑筋急转弯

为什么画家喜欢画粗的绳子不喜欢画细的绳子?

一条河的平均深度是 1 米,一个小孩身高 1.4 米,他虽然不会游泳,但肯定不会在这条河里淹死。你说对吗? 为什么?

有一辆装着集装箱的大卡车要穿过天桥,可是集装箱的顶部却高出天桥底 2 厘米。集装箱又大又重,不便卸下;而绕道走又要耽搁时间。请问,有什么办法能使大卡车顺利穿过天桥,又不至于撞坏天桥?

牙医最喜欢的食品是什么?

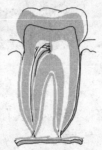

一个醉汉晚上在公路中间行走,看到后面来车,他正好处于两车灯之间,车子呼啸而过,人却毫发无损,为什么?

开 心 加 油 站

单位让小唐去广州出差,钱用完了,就到银行取钱。为小唐服务的是一个四十出头的女人,小唐隔着玻璃用刚训练了两星期的普通话亲切地喊:"大姐,我取钱。"银行女工作人员立马脸色大变,身体像筛糠一般抖动。小唐想,喊声大姐就激动成这样,莫不是我太帅了吧? 于是更加嚣张地喊:"大姐,我取钱!"忽然感觉脑袋嗡的一声,小唐被银行保安一棍子打倒在地,昏了过去。在医院,警察问刚醒过来的小唐:"你为什么要抢银行?"小唐傻了:"我抢什么银行?"那个银行的女同志指着病床上的小唐说:"还狡辩,隔着玻璃就喊'打劫,我缺钱',不是抢劫难道是存款啊?"如今小唐每天都要提醒我们:"兄弟们,说好普通话才安全!"

答案

出神入化(出绳入画)。
不对,因为 1 米只是平均深度。
将大卡车轮胎的气稍稍放掉一部分,使其低于 2 厘米即可。
糖果。
后面来的是两辆摩托车。

072 脑筋急转弯

一只母羊和一只小羊正在吃草，来了一只老狼把母羊给叼走了，小羊也乖乖地跟着走了，请问怎么回事？

我国文化源远流长，唐代有诗，宋代有词，元代有曲，明代有小说，那么现在有什么？
既认识自然又能随便改造自然的人是谁？

学贯古今

世界第一枚邮票出现在哪里？

A. 英国   B. 意大利

答案

一只怀了小羊的母羊。

参考书。

画家。

A。

073 脑筋急转弯

自己的缺点令自己讨厌是在什么时候？

如果你回想不起自己的某个朋友有什么优点时，能说明什么呢？

世界脖子最短的长颈鹿生长在什么地方？

在著名的中国古典文学《红楼梦》中，多愁善感的林黛玉为什么要葬花？

小 试 牛 刀

罗盘中"?"代表什么数字？

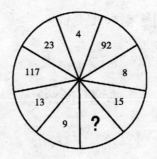

答案

在别人身上看到时。

交错了朋友。

考场里。

反正闲着也是闲着。

120。从 9 开始，顺时针每三个数字为一组，前两个数字的乘积等于第三个数字。

074 脑筋急转弯

女人是本书，那么男人首先想翻的是哪一页？

人行走的时候，左右脚有什么不同？

一头牛加一捆草等于什么？

你的阿姨有个姐姐，但你不叫她阿姨，她是谁？

学 贯 古 今

"双喜临门"是我国哪个省市？

A. 重庆   B. 甘肃

答案

版权页。

一前一后。

还是一头牛。

妈妈。

A。

075　脑筋急转弯

第一个登上月球的中国姑娘是谁?

张丽参加百人呼啦圈赛,她一直坚持到了最后一刻,却被取消了冠军资格,为什么?

胆小鬼吃什么可以壮胆?

什么食品东、南、西、北都出产?

开心加油站

甲:老同学,好久不见,你现在年薪多少?

乙:300 万。

甲:那一个月有二三十万哦?

乙:是的,这是基本工资。

甲:不错嘛,做什么的?

乙:做梦的。

嫦娥。

太胖了卡在腰上了。

狗胆,狗胆包天。

瓜。

076 脑筋急转弯

什么话讲了没人听？

增长智力最有效的办法是什么？

小毛歌唱得不错，为什么老得不了第一？

火眼金睛

如何画出 A 到 a、B 到 b、C 到 c、D 到 d 的路线，如何能使这些路线不相交？

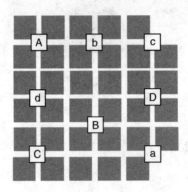

答案

屁话。

吃一堑长一智。

别人唱得还好。

如图：

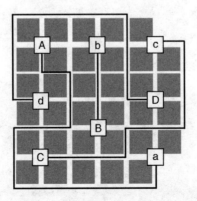

脑筋急转弯

谁常年走路不穿鞋?

一个非常有钱的人却什么也不能买，为什么?

泰山是人猿养大的，那么蝙蝠侠又是谁养大的?

小明的爷爷年轻时是短跑健将，今年七十岁了，他要到什么时候才能打破男子短跑一百米世界纪录?

学 贯 古 今

恐龙属于什么动物?

A. 两栖动物　　　　　　　　B. 爬行动物

动物。

他在沙漠里。

那当然是由他的爸爸妈妈养大的。

做梦的时候。

B。

078 脑筋急转弯

世界上最小的邮筒，请问这是哪个成语？

夜夜看落花，打一礼貌用语？

什么人靠别人的脑袋生活？

开 心 加 油 站

有一位先生在十字路口等绿灯，这时，过来一个乞丐敲敲车窗说：给我点钱。

先生看了下，说：给你抽支烟吧。

乞丐说：我不抽烟，给我点钱。

先生说：我车上有啤酒，给你喝瓶酒吧。

乞丐说：我不喝酒，给我点钱。

先生说：那这样，我带你到麻将馆，我出钱，你来赌，赢了是你的。

乞丐说：我不赌钱，给我点钱。

先生说：那你上车吧，我带你回去，让我女朋友看看：一个不抽烟、不喝酒、不赌钱的好男人能混成啥样。

难以置信。

多谢。

理发师。

079 脑筋急转弯

如何分辨狗肉店和猪肉店？

什么东西力气再大也扛不起？

不相信恋人，打一公安用语。

不打不相识，打两字称谓。

小 试 牛 刀

请把下面这个表盘切成六块，使每块上的数加起来都相等。

 答案

狗肉店门前会挂羊头。

罪名。

怀疑对象。

战友。

如下图：

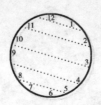

080 脑筋急转弯

聪明快捷，打一拉丁美洲国家名。

第九次结婚，打一城市名字。

风平浪静的城市是哪里？

民航机开张，打一成语。

学 贯 古 今

作家老舍的原名叫什么？

A. 舍予   B. 舒庆春

答案

智利（智力）。

巴黎。

宁波。

有机可乘。

B。

081　脑筋急转弯

加减乘除少一点是什么字？

美好的开端，这是哪个字？

一块黑石子与一块白石子同时放入水中，有什么变化？

黑人吃黑的东西叫什么？

开 心 加 油 站

阿福在小学任教，长得人高马大威风凛凛，只是一紧张讲话就会口吃。一次监考，他发现有一个同学在作弊，他气急败坏地指着作弊学生吼道："你……你……你……你……你……你……你……你竟敢作弊，给我站起来！"语毕，9个学生站了起来。

答案

坟。

姜。

变湿了。

黑吃黑。

O82 脑筋急转弯

怎样用一块钱换一百块钱？

欧美人就餐头一道菜是汤，你知道汤里经常会有什么吗？

一个小姑娘在打排球，她发了一个球，可无论谁都接不着，为什么？

哪一种人占用地球表面积最小？

火眼金睛

鲁西西误入数学王国，被任命为某数字集团军的上尉。现在，她要给手下十几个士兵整整队，16个方格里已有1、2、3、4四个五边形，要将上面12个也排进去，不论横行、竖行或对角线都不能有相同的数字和图形，该怎么排呢？

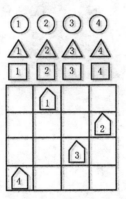

答案

打电话向家里要钱。

盐。

球没发出或出界了。

芭蕾舞演员。

如下图所示。

083 脑筋急转弯

什么东西天上有，人间也有？

最多人看不清楚的花是什么花呢？

两个胖子拥抱，这是哪个城市？

学贯古今

满洲里在我国的什么地方？

A. 华北　　　　　　　　　B. 西北　　　　　　　　　C. 东北

太阳。

眼花。

合肥。

C。

084 脑筋急转弯

什么样的房子不能住人？

当医生说你的病没希望时该怎么办？

除了变色龙以外，什么动物最擅长伪装术？

你知道什么篮是漏的，但却是有用的吗？

开 心 加 油 站

某君乘公交车常丢钱包。一天上车前，某君把厚厚的一叠纸折好放进信封，下车后发现信封被偷。第二天，某君刚上车不久，觉得腰间有一硬物，摸来一看，是昨天的那个信封，信封上写着：请不要开这样的玩笑，影响正常工作，谢谢。

 答案

蜂房。

换一位医生。

人。

篮球的篮。

脑筋急转弯

你知道世界上什么东西既不怕晒也不怕湿吗？

下雨天，三个人在街上冒雨走，为什么只淋湿了一个人？

雨天什么伞不能打？

什么动物没有子孙？

答案

影子。

一个怀着双胞胎的妇人。

降落伞。

骡子。

086 脑筋急转弯

地球没有水时像什么?

人到世界上看见的第一个人是谁?

人在什么时候记忆力最好?

喝咖啡的时候,你觉得应该先加糖还是奶精?

空袭时为什么要躲在地下室?

学贯古今

"司空见惯"是说司空见惯了什么?

A. 金钱   B. 美食   C. 美女

答案

核桃。

接生的人。

当别人欠自己钱的时候。

应该先冲咖啡。

以后考古方便。

C。

087 脑筋急转弯

鸡鹅赛跑，鸡比鹅跑得快，为什么鹅先到终点？

小王和小张两家相距 50 米，两家又没有电话，小王想找小张又不想出门，怎么办？

亮亮语文和数学共考了 200 分，结果静静得了第一，为什么？

小明家很富裕，可他想买玩具时却从不向母亲要一分钱，为什么？

开 心 加 油 站

林小小上学了。王老师教学生拼音。

王老师先教写声母 b、p、m⋯⋯，林小小不爱动脑筋，总是学不会。考试了，小小便胡乱地在试卷上写了几个。老师很生气，就叫小小的妈妈来。王老师说："林小小上课不认真，连'声母、韵母'都不会。"

小小的妈妈大怒，说："妈妈就是你的生母，你的爸爸管你姥姥叫'岳母'时，你的耳朵跑哪去了？记住，我是生母，姥姥是岳母。"

鸡跑反了方向。

小王可以喊小张。

他们不在同一个班。

他向他爸爸要钱，再说一分钱也买不到什么玩具。

o88 脑筋急转弯

你每天做作业时先干什么？

世界上哪儿的大象最小？

为什么妈妈几个月都不给孩子吃饭可孩子仍然长得很好？

谁是世界上最有恒心的画家？

小 试 牛 刀

A～E 五个图案中哪个能继续上面的圆点序列？

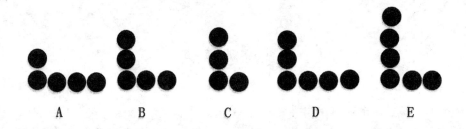

打开本子。

书上的。

因为这个孩子还是个胎儿。

爱化妆的女人。

B。每一个图案先横向增加一个圆点，再纵向增加一个。

089 脑筋急转弯

如果有一台电脑能替你干一半活，你将怎么办？

红蜡烛还是绿蜡烛烧得长？

弗兰克林在雷雨中放风筝时说了什么？

什么东西有风不动无风动？

学贯古今

"昙花一现"是"现"在什么时候？

A. 上午   B. 中午   C. 晚上

买两台。

都会越烧越短。

什么也没有说，当时他被电麻了。

扇子。

C。

090 脑筋急转弯

为什么张华每天上班都要坐飞机？

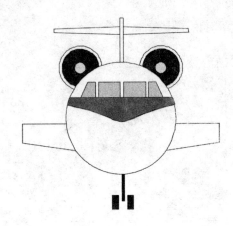

丁丁拿着块石头向玻璃砸去，玻璃却没碎。为什么？

人为什么要生两只耳朵？

敲凳子会发出"咚咚"声，那么凳子敲人会发出什么声？

开心加油站

　　每到期末考试完毕，学校都要为每个学生写评语，学习成绩排在前几名的同学的评语就不必说了。可对于成绩总是排在最后一名的学生的评语，总是让老师费一番脑筋，最后，老师终于想出了一句评语，对其进行了恰当的评价："该同学学习成绩稳定。"

 答案

因为他是飞行员。

没砸到。

兼听则明。

惨叫声。

091 脑筋急转弯

什么东西人用完了很快会回来？

什么东西有头无脚？

什么"光"会给人带来痛苦？

小可坐在桌前读书，为什么不开台灯？

火眼金睛

观察下面的图形序列，你能推算出下一个转盘应该是什么样子吗？

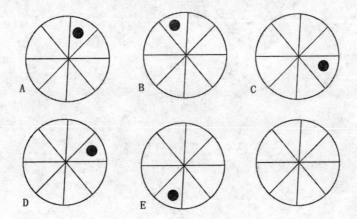

力气。

砖头。

耳光。

大白天开什么灯呀。

圆点先逆时针移动一格，然后再顺时针移动三格。

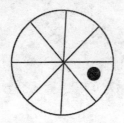

O92 脑筋急转弯

什么样的鸡蛋永远也孵不出小鸡？

什么球身上有毛？

第一次世界大战是在何时发生？

为什么杀人要被判刑，杀蟑螂却不？

小 试 牛 刀

哪个数字填在最后五角星的中央能完成谜题？

 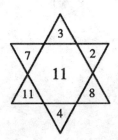 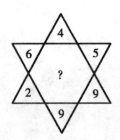

答案

熟的。

羽毛球。

亚当与夏娃打架的时候。

因为蟑螂没有辩护律师。

5。每个图形中心的数字等于上面三个数字之和与下面三个数字之和的差。

093 脑筋急转弯

什么人没当爸爸就先当公公？

小朋友在游泳池游泳，游了一阵，大勇数了数，发觉少了一个人，忙向老师报告，老师却说没有少，是什么原因呢？

从军十八年的花木兰换上女装后，为什么令昔日的袍泽大感惊讶？

明星出入公共场所，最怕遇到什么事？

学贯古今

"沙龙"源于哪国语言？

A. 美国   B. 法国

太监。

大勇忘了数上自己。

因为他们认为花木兰还是比较适合男装。

没人找他签名。

B。

094 脑筋急转弯

为什么现代人出殡时，会国乐和西乐齐鸣？

谁能让全世界的妖魔鬼怪同时抱头鼠窜？

演习时，两部同是四吨重的军车在一座便桥前停下，后一部已经抛锚，两部车如何才能通过限重五吨的桥？

移防到马祖的大兵阿明以女友即将生产为由申请返台，为什么却没有被批准？

A 君与 B 君的家均位于新兴的住宅地，相距只有一百米。此地除这两家之外，还没有其他邻居，而且也没有安装电话。现在 A 君想邀请 B 君"来家里玩"，在不去 B 君家邀约的情况下，以何种方法能最早通知 B 君？假设 A 君身边装着十张画图纸、奇异笔、胶。

开心加油站

妻子抱怨晚上太冷，买了一床电热毯，丈夫怕不安全，经过半天时间解释，他才肯睡这床电热毯。在睡前，妻子在烤箱里放了一块火腿，用低温烤着，以便早上起来不必赶做早点。到午夜后，一阵肉香飘入卧室，丈夫从梦中惊醒，跳起来，摇醒妻子说："亲爱的，快醒来，我们被烤熟了。"

答案

不知道来迎接的是天使还是菩萨。

太阳。

用一条长索牵引，使两部车不同时在桥上就可通过。

因为阿明来到马祖已超过一年，中途不曾返台。

他只要大声吼叫就可以了。

095 脑筋急转弯

虽然只是薄薄的一片，女人少了它无法生活下去，是什么东西？

阿弟竟成功地用面绳上吊自杀成功，为什么？

用哪三个字可以回答一切疑问？

拿什么东西不用手？

小试牛刀

你能选一个最能取代问号位置的图形吗？

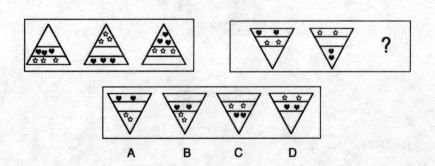

A   B   C   D

镜子。

摔死的。

不知道。

拿主意。

B。

096 脑筋急转弯

人们给耳聋的残疾人安装一部铃一响就发光的电话机，但仍然对他毫无用处，为什么？

某歌星每次上台演出，总是戴着一只手套，为什么？

奶奶过马路为什么总是抓紧小孙子的手？

爸爸丢了一样东西，为什么妈妈还特别高兴？

学 贯 古 今

最早的校园歌曲出现在：

A. 日本   B. 中国

答案

> 他听不到电话。
>
> 他总想露一手。
>
> 奶奶胆小。
>
> 他丢掉了坏习惯。
>
> A。

097　脑筋急转弯

科比有一个月为什么突然吃得少了？

有人说杰米写的诗是从书上偷来的，可杰米不承认，他的理由是什么？

娇娇的爸爸在一次难度很大的考试中非常从容，为什么？

小明发现房间遭窃，却一点也不紧张，为何？

开 心 加 油 站

北方某机场有两个爱喝酒的维修工。一天，两人值夜班的时候酒瘾发作，可是身边没有带酒，附近又没有商店。

"我听说喷气式飞机的燃料和白酒一样，我们喝点儿吧。"一人建议道。

于是，两个人从喷气式飞机油箱取出燃料，喝了个酩酊大醉。

第二天，其中一人醒来，惊奇地发现跟往常喝酒不一样，他既没有头痛的感觉，又没有恶心的症状。这时，电话铃响起，他拿起电话。

"喂！你没事儿吧！"是另一个维修工的声音。

"没事儿，别说，喷气式飞机燃料还真不错，我头也不疼，也不恶心。"

"我也是，不过……""不过什么？"

"你起来后放过屁吗？"

"没有。"

"那你小心点儿，我现在在海南岛。"

二月份，因为二月份天数少。

诗还在书上。

他是监考老师。

别人的房间。

098 脑筋急转弯

爸爸答应汉森，只要考试及格，就奖励10元钱，可为什么汉森还是不及格？

开学后的最大愿望是什么？

萨维在电影院看电影时，为什么每次看的都是不连贯的电影？

老师给萨姆布置了一篇作文，题目是：什么是懒惰。萨姆用最简短的文字写下了这篇作文，他是怎么写的？

火 眼 金 睛

如下图所示，将钟表表盘的数字全部拆开成一位数字，然后相加的和是51。那么，把表盘所有数字拆成一位数字后，全部相乘，乘积是多少呢？

答案

为了给爸爸省钱。

放假。

每次都是看一会儿睡一会儿。

这就是懒惰。

在10点的地方，有一个0。如果你能注意到这一点的话，那就好办了。

无论多少个数字相乘，如果其中有一个数字是0的话，其结果都是0。

099 脑筋急转弯

米奇吃下了药，但忘了把药摇匀，达不到最佳效果，他该如何补救？

伊凡吹嘘自己写的小说可以得诺贝尔奖，他写的什么小说？

琼斯练钢琴，除了妈妈给钱，还有谁给？

查理为什么说他的家是凑起来的？

研研十四岁生日的晚上，庆祝宴上点了十五支蜡烛，那是为什么？

"五角"猜一几何图形？

学贯古今

四大名茶之一的龙井茶产地是：

A. 苏州   B. 浙江杭州

答案

不停地翻跟头。

幻想小说。

邻居。因为他一练琴他们就别想睡。

因为爸爸妈妈和查理分别出生于不同的地方。

那晚停电，有一只是照明蜡烛。

半圆。

B。

 100 脑筋急转弯

某人认为借书的人从不还书，所以从不借书给人，他这样认为的依据是什么？

让病人出一身大汗的妙方是什么？

汤姆因为把墨水泼在地毯上而挨了骂，可他觉得委屈，为什么？

尼克考了500多分，雅克考了600多分，为什么老师认为他们的成绩不相上下？

开 心 加 油 站

一天闲来无聊，唐僧就给孙悟空写了一封信。

亲爱的悟空：

在天庭住好一阵子了，不知你在花果山过得可好？我这封信写得很慢，因为知道你看字不快。我们已经搬家了，不过地址没改，因为搬家时顺便把门牌带来了。这礼拜下了两次雨，第一次下了3天，第二次下了4天。

昨天我们去买比萨，店员问道："请问要切成8片还是12片？"你勤俭的师母说："切8片好了，切12片恐怕吃不完。"那间店比萨还不错，改天我们全家再一起去街口的餐馆吃牛排。

还有你观音阿姨说你要我寄去的那件外套，因为邮寄时会超重，所以我们把扣子剪下来放在那件外套的口袋里了。

你嫦娥姐姐早上生了。因为我还不知道到底是男的还是女的，所以我不知道你要当阿姨还是舅舅。最近没什么事，我会再写信给你。

师父

答案

他的藏书就是这样来的。

当着病人的面把补药全吃掉。

墨水不贵呀。

尼克考了6门，雅克考了7门。

101　脑筋急转弯

　　一位先生从单身到结婚，再到生孩子，给乞丐施舍的钱越来越少，乞丐为此大为恼火，乞丐生气的理由是什么？

　　戴维一家五口外出旅游，说好一人带一瓶饮料，可戴维坚持带 4 瓶可口可乐，为什么？

　　小明快乐地过生日，却没有人来庆贺，为什么？

　　"个个大！个个大！"母鸡下蛋了。"你的广告做得很到位！"公鸡听了，一边夸奖母鸡，一边去参观自己的胜利成果。这一看不要紧，公鸡气势汹汹地追母鸡，声称要修理它。为什么？

火眼金睛

　　下图是一组有规律的数列，你能找出规律，把隐藏的数字填上去吗？

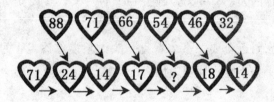

答案

　　这不是拿我们乞丐的钱养活你的家人吗？

　　还有一瓶是汽水。

　　在梦中早过了一天。

　　原来母鸡下了一个大鸭蛋。

　　能。隐藏的数字是 17。这道题目其实很简单，只需要仔细观察就会发现，8＋8＋7＋1＝24；7＋1＋2＋4＝14；以此类推。

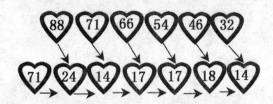

102 脑筋急转弯

　　夫妻结婚不久，丈夫就去当兵了，之后妻子生了个儿子。有一天，妻子对儿子说爸爸就要回来了！让儿子和自己一起去机场接他的爸爸，一会飞机上下来了三个人，儿子冲上去就喊："爸爸！"为什么儿子能认出来？

　　一个女子最讨厌抽烟的人，有一天，她去一个朋友家，参观新房后，连声说："抽烟好、抽烟好！"请问这是为什么？

　　有只小蚂蚁在自己家附近玩耍，不久看见一头大象慢悠悠走了过来，蚂蚁一惊，连忙跑回家去，想了想伸出了一条小腿，请问为什么？

答案

因为其中两个是女的。

排油烟机。

小蚂蚁想把大象绊倒。

103　脑筋急转弯

有个人被恐龙一口咬住，又在嘴里嚼了好几下，为什么没有受伤？

龟兔第三次赛跑，兔子一没有骄傲，二没有睡觉，非常努力地奔跑，终点也不在水里，可是还是输了，为什么？

有一群耗子，中间有只猫，问还有几只耗子？

开心加油站

一天，一个博士坐船欣赏风景。博士问渔夫："你会生物吗？"渔夫说不会，博士就说："那你的生命就要失去4分之1了。"过了一会儿博士又问："你会哲学吗？"渔夫还是不会。博士又说："那你的生命又要失去4分之1了。"又过了一会儿，博士又问了："你会科学吗？"渔夫仍然不会，就在这时，狂风大作，卷来一股巨浪，渔夫问博士："你会游泳吗？"博士说不会，渔夫说："那你的生命就要玩完了！"

因为塞到恐龙的牙缝里了。

乌龟是只忍者神龟。

一只也没有，耗子全跑了。

104 脑筋急转弯

导演招收演员，考题是《黑夜归来》。怎样做才能容易被录取呢？

小王用捕鼠笼在家抓老鼠，第二天一早发现笼子里抓了一只活老鼠，而笼子外面却有两只四脚朝天的死老鼠，为什么？

三个小朋友各买了一双相同的鞋，为什么他们穿的鞋还是不一样？

包公的脸为什么是黑的？

小 试 牛 刀

15位很久没见的老朋友一起在一家餐厅聚会，可是餐厅里只剩下一张六角形的大桌子，如图所示。如果每一边都坐3个人，那么椅子该怎么摆放呢？

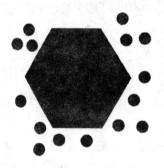

答 案

很简单，做个拉灯的动作。

那两只看到同伴笨得上当活活笑死的。

刚买还没穿。

因为额头上有个月亮，月亮都是晚上出来。

如图：

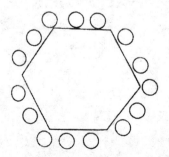

105 脑筋急转弯

调查发现，某国各地在同一时间，竟然有许多人说着相同英语的奇怪现象，这究竟是怎么一回事呢？

有一天我去意大利参观著名的比萨斜塔时，却看到此塔一点也不倾斜，笔直而立。当时真怀疑自己是否眼花了，四周看不到修复的痕迹，也不是看到赝品。那么该如何说明这个事实呢？

"东张西望"、"左顾右盼"、"瞻前顾后"这几个成语用在什么时候最合适？

学贯古今

《全唐诗》收录的是唐代的：

A. 4 万 8 千多首诗   B. 2 万首诗

原来他们都同时收听英语广播讲座节目中的发音练习。

站在与倾斜方向相对的地方看。

过马路。

A。

106 脑筋急转弯

小明从外面买了好多东西回来，为什么她一进社区办公室就把手中的一些布往地上一扔？

为什么有人说建立在金钱基础上的婚姻是最牢固的？

电梯除了比楼梯省时省力之外，最大的好处是什么？

小明和小旺玩掷硬币的游戏，小明掷了十次都是阳的一面，问他掷第十一次时，阳和阴的概率各是多少？

开心加油站

父亲问儿子体育课成绩。儿子说："我百米已经突破14秒了。"父亲说："不能满足啊，再努一把力，争取达到15秒。"

答案

拖布。

铜婚，银婚，金婚，越老越牢固。

万一跌倒不会一路滚下去。

50%。

107 脑筋急转弯

什么样的书最香？

有什么办法可以保住母鸡性命免遭主人宰杀？

什么东西没有价钱但大家又很喜欢？

爸爸在什么时候像个孩子？

小 试 牛 刀

观察下图，在纸条的两端一共有五个点，你能把这些点全部连接起来画出一个五角星吗？

答案

菜谱。

想办法每天下一个蛋。

无价之宝。

在爷爷面前。

如下图所示：

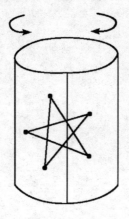

108 脑筋急转弯

为什么养长颈鹿最不花钱？

吃饭的时候最扫兴的是什么？

渔夫最怕什么？

什么东西越有越可怜？

什么东西在用之前是干的，用完了以后是湿的，而且在使用的过程中还给人以沁人心脾的满足感？

什么蛋中看不中吃？

答案

因为他们的脖子长，一点点食物都要走很长的路才能到肚里。

没做饭。

没人吃鱼。

穷。

茶袋。

脸蛋。

109 脑筋急转弯

什么东西越吃越感到饿？

什么地方有时候有水，有时候没水？

小孩子好什么？

猫最喜欢吃什么？

开 心 加 油 站

儿子：爸爸，今天我不想上学。

爸爸：怎么啦？

儿子：上周农场死了只鸡，第二天中午饭就吃"红烧鸡块"，三天前农场死了头猪，第二天中午就吃"红烧猪肉"。

爸爸：那又怎么啦？

儿子：昨天我们的英语老师去世了。

消化药。

水龙头下。

好奇。

老鼠。

110 脑筋急转弯

什么柴不能烧？

老王很有钱，可别人说他是个奴隶，为什么？

八点钟和九点钟有什么不一样？

动物园里，小明紧挨着老虎合影留念，老虎却没有咬他，为什么？

学 贯 古 今

伽利略用他的望远镜首先来观察什么？

A. 月亮   B. 太阳

人才。

老王是个守财奴。

差一点。

那是只假老虎。

A。

111　脑筋急转弯

小戴是位科学家，历尽千辛万苦终于来到一个地方，他面北而立，向左转了 90 度，却还是向北，再转 90 度依然面北，又转 90 度还是面北，你知道这是什么原因吗？

黄河上有两座桥，一高一低，这两座桥都被接连而来的 3 次洪水淹没了。高桥被淹了 3 次，低桥反只被淹了 1 次，这是为什么？

一只蚊子顺时针绕着一个新买的而且是没有任何质量问题的高效捕蚊灯打转，但一直不会被吸进去，为什么呢？

大伟在电影最精彩的时候去上厕所，为什么？

开心加油站

一次历史考试，有一道题是让同学们任选十个国家或地区，并加以简述。

一个学生是这样答的：从前有个柬埔寨，里面有个阿拉伯。一天，他带着墨西哥去爬山，爬到新加坡时，突然来了只头上长着好望角的巴拿马，吓出一身阿富汗，拔腿跑进名古屋，急忙关也门，结果碰掉了一颗葡萄牙。

答案

小戴在南极。
水退后高桥露出来而低桥一直淹着。
因为捕蚊灯没有通电。
因为他没有看电影。

112 脑筋急转弯

房屋，宫殿，岩洞，大厦，牛棚，哪个词与众不同？

什么东西只有一只脚却能跑遍屋子的所有角落？

岁数越来越大，身体越来越小，面貌日新月异，家家不可缺少，是什么东西？

男人的地方——猜一地名。

开 心 加 油 站

有一天，爸爸带小明去逛街，闹市里可热闹了，有的在下棋：车二进四，马八进七，相三进五，车九平六……有的在拍卖商品，爸爸乐极了。儿子老老实实地坐在爸爸的肩上，没出一点儿声音。爸爸正在看热闹。忽然，爸爸发现儿子不见了，焦急万分。他四处问人家：我儿子在哪儿？路人回答道：在你肩上呢！

答案

岩洞，其他都是人工的。

扫帚。

日历。

汉城。

113 脑筋急转弯

爬高山与吞药片有什么不同？

有两个容貌相似的男孩，经询问，知道他们是同一对父母所生，出生地点和年份也相同，但他们却不是双生子，也不是三生子、四生子、五生子……请问，这两个小男孩究竟是什么关系？

兔子的眼睛为什么是红的？

学贯古今

谁是"中山装"的创始人？

A. 蒋介石   B. 孙中山

答案

一个难上一个难下。

他们是兄弟，一个是年初生的，一个是年末生的。

因为它输给了乌龟哭红的。

B。

114 脑筋急转弯

熊掌和鱼什么情况下可以兼得?

一个人从五十米高的大厦上跳楼自杀,重重地摔在了地上,为什么没被摔死?

请问:将18平均分成两份,却不得9,请问会得几?

离婚的最关键因素是什么?

开心加油站

一老师在解释"奇迹"一词时,举了一例:一人从八楼跳下,竟毫发未损。他希望学生说出"奇迹"两个字。

可一同学回答:幸运。

老师很失望,于是说:此人爬上八楼,又跳下,还是未受伤。

同学回答:偶然。

老师非常气愤,只好又说:那人再次爬上八楼,又跳下来……

还未等老师说完,就有同学答道:他习惯了。

答案

> 饭店里。
>
> 他在半空就已经吓死了。
>
> 10(上下中间分)。
>
> 结婚。

115 脑筋急转弯

四年级三班是怎样上珠算课的？

一个人上了手术台是什么心情？

男人在一起喝酒，为什么非划拳不可？

一位女士离婚数次。打一四字成语。

小试牛刀

住在某个旅馆的同一房间的四个人 A、B、C、D 正在听一组流行音乐，她们当中有一个人在修指甲，一个人在写信，一个人躺在床上，另一个人在看书。

1. A 不在修指甲，也不在看书；

2. B 不躺在床上，也不在修指甲；

3. 如果 A 不躺在床上，那么 D 不在修指甲；

4. C 既不在看书，也不在修指甲；

5. D 不在看书，也不躺在床上。

她们各自在做什么呢？

答案

各打各的算盘。

任人宰割。

敬酒不吃吃罚酒。

前公（功）尽气（弃）。

可用排除法求解由 1、2、4、5 知，既不是 A、B 在修指甲，也不是 C 在修指甲，因此修指甲的应该是 D；但这与 3 的结论相矛盾，所以 3 的前提肯定不成立，即 A 应该是躺在床上；在 4 中 C 既不看书又不修指甲，由前面分析，C 又不可能躺在床上，所以 C 是在写信；而 B 则是在看书。

116 脑筋急转弯

什么路最窄？

黑头发有什么好处？

什么人生病从来不看医生？

学贯古今

五等爵位指什么？

A. 公爵、侯爵、伯爵、子爵、男爵

B. 公爵、侯爵、伯爵、子爵、爵士

冤家路窄。

不怕晒黑。

瞎子。

A。

117　脑筋急转弯

下雪天，阿文开了暖气，关上门窗，为什么还感到很冷？

阿呆开车去动物园玩，动物园很近，他的路并没有走错，为何却总到不了目的地？

林老生大手术后换了一个人工心脏。病好了后，她的女友却马上提出分手，为什么会这样？

开 心 加 油 站

大学历史考试是口试。教授提了三个问题，一个学历史的大学生都答不出来。为了给他一个及格的机会，教授最后问他："美洲大陆是谁发现的？"

"……"

教授气急败坏地喊道："克利斯朵夫·哥伦布！"这个学生拔腿就往外走，教授惊奇地把他叫住："喂，你为什么要走啊？"

"对不起，您不是叫下一个考生了吗？"

他在门外。
早开过了。
没有真心爱她。

118 脑筋急转弯

哪一种蝙蝠不用休息?

小明为何能用一只手让车子停下来?

好心的约翰去世了,天使要带他上天堂,为什么他坚决不肯去?

火眼金睛

有六个不同国籍的人,他们的名字分别为 A,B,C,D,E 和 F;他们的国籍分别是美国、德国、英国、法国、俄罗斯和意大利(名字顺序与国籍顺序不一定一致)

现已知:

(1) A 和美国人是医生;

(2) E 和俄罗斯人是教师;

(3) C 和德国人是技师;

(4) B 和 F 曾经当过兵,而德国人从没当过兵;

(5) 法国人比 A 年龄大,意大利人比 C 年龄大;

(6) B 同美国人下周要到英国去旅行,C 同法国人下周要到瑞士去度假。

请判断 A、B、C、D、E、F 分别是哪国人?

答案

不修边幅(不休蝙蝠)。

他在打出租车。

他有恐高症。

C. 英国人; A. 意大利人; B. 俄罗斯人; E. 法国人; F. 美国人; D. 德国人。

119 脑筋急转弯

什么动物坐也是坐，站也是坐，走也是坐？

警察面对两名歹徒，但他只剩下一颗子弹，他对歹徒说：谁动就打谁，结果没动的反而挨子弹，为什么？

哪一种竹子不长在土里？

满满一瓶牛奶，怎么才能先喝到瓶底的部分？

学 贯 古 今

五彩是指哪五种颜色？

A. 赤橙黄绿青   B. 青黄红白黑

青蛙。

因为不动的比较好打。

爆竹。

用吸管。

B。

120 脑筋急转弯

怎样才能日行三百里？

为什么吸血鬼绝不喝果汁或蔬菜汁？

胖胖是个颇有名气的跳水运动员，可是有一天，他站在跳台上，却不敢往下跳。这是为什么？

开 心 加 油 站

一个学生爬墙出校，被校长抓到了，校长问："为什么不从校门走？"答曰："美特斯邦威，不走寻常路。"

校长又问："这么高的墙怎么翻过去的啊？"他指了指裤子说："李宁，一切皆有可能。"

校长再问："翻墙是什么感觉？"他指了指鞋子说："特步，飞一般的感觉。"

第2天他从正门进学校，校长问："怎么不翻墙了？"他说："安踏，我选择，我喜欢。"

第3天他穿混混装，校长说："不能穿混混装！"他说："穿什么就是什么，森玛服饰。"

第4天他穿背心上学，校长说："不能穿背心上学。"他说："男人，简单就好，爱登堡服饰。"校长说："我要给记你大过。"他说："为什么？"校长说："动感地带，我的地盘我做主。"

答案

站在赤道上不动。

害怕"汁"里的那个十字架。

因为下面没有水。

121 脑筋急转弯

路边电线杆上蹲着一只猴子，司机小李看到就立刻停下车来，请问为什么？

小张的肚子明明已经胀得受不了了，为什么他还要不停地猛喝水？

怎样用三根筷子搭成比三大比四小的数？

男人最喜欢美女眼里的什么水？

小试牛刀

这是一个迷宫，要求从入口处走进去，沿着小路走，既不能重复走，又不能交叉走。请问如何一口气把这个迷宫中所有的小路走完，然后再从入口处出来？

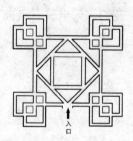

答案

他把猴子屁股当红灯了。

他掉到河里去了。

圆周率。

秋波。

如下图：

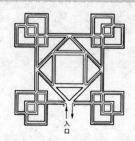

122 脑筋急转弯

别人跟阿丹说她的衣服怎么没衣扣,她却不在乎,为什么?

家家说他能轻而易举跨过一棵大树,他是怎么跨过的呢?

画一个圆圈,这个圆圈画在哪里我们永远也跳不出去?

学 贯 古 今

人数最多的少数民族是哪个?

A. 傣族　　　　B. 彝族　　　　C. 苗族　　　　D. 壮族

因为衣服只有拉链没扣子。

一棵伐倒的树。

画在自己身上。

D。

123 脑筋急转弯

小明在一场激烈枪战后，身中数弹，血流如注，然而他仍能精神百倍地回家吃饭，为什么？

锤子锤碗锤不破，为什么？

什么人不能吃饭，但是可以说、可以笑、可以玩游戏？

刮风的晚上，停电了，晓晓上床睡觉时忘了吹蜡烛，第二天醒来时，蜡烛居然还有很长一段没有燃完，怎么回事呢？

开 心 加 油 站

小吉姆在薄薄的冰层上勇敢地走过去，救起了他的朋友，成了同学们美慕的中心人物。

"你冒着生命危险救起了你的朋友！"大家敬佩地说。

"没办法，"小吉姆说，"他穿着我新买的冰鞋呢！"

答案

他在拍戏。

碗破了。

木偶。

被风吹熄了。

124 脑筋急转弯

期终考试成绩下来了，平平的四门功课全是零分。老师却说比起某些同学来平平有一条是值得表扬的。老师指的是什么？

哪个连的人最多？

什么样的腿最长？（打一成语）

最细的针？（打一成语）

小试牛刀

一天，唐僧命徒弟悟空、八戒、沙僧三人去花果山摘些桃子。不长时间，徒弟三人摘完桃子高高兴兴回来。师父唐僧问："你们每人各摘回多少个桃子？"

八戒憨笑着说："师父，我来考考你。我们每人摘的一样多，我筐里的桃子不到100个，如果3个3个地数，数到最后还剩1个。你算算，我们每人摘了多少个？"

沙僧神秘地说："师父，我也来考考你。我筐里的桃子，如果4个4个地数，数到最后还剩1个。你算算，我们每人摘了多少个？"

悟空笑眯眯地说："师父，我也来考考你。我筐里的桃子，如果5个5个地数，数到最后还剩1个。你算算，我们每人摘了多少个？"

唐僧很快说出他们每人摘桃子的个数。你知道他们每人摘了多少个桃子吗？

答案

平平没有作弊。

大连。

一步登天。

无孔不入。

正确答案是：61个。

125 脑筋急转弯

小明的小猫从来不捉老鼠，这是为什么？

什么桥下没水？

拖什么东西最轻松？

人们心甘情愿买假的东西是什么？

学 贯 古 今

世界上流量最大的河流是哪条？

A. 长江　　　　　　B. 尼罗河　　　　　　　C. 亚马逊河

 答案

因为这是玩具猫。

立交桥。

拖鞋。

假发。

C。

126 脑筋急转弯

什么蛋中看不中吃？

什么东西没脚走天下？

有个人从早上吃到下午怎么也撑不死？

开 心 加 油 站

"孩子们，谁知道骆驼不同于其他动物的特点？"一片沉默。老师略作沉思，进一步解释说："也就是说，骆驼有什么东西是其他动物所没有的呢？"

学生答："有，骆驼能生小骆驼。"

答案

脸蛋。

船。

他一直在吃亏。

127　脑筋急转弯

风平浪静的城市是哪里？

哪个寨子的人是最多的？

一个人去网吧，碰上一个同学带着两个朋友，各带着 4 个小孩，小孩各带着 2 个朋友，问多少人去网吧？

什么东西洗好了却不能吃？

火 眼 金 睛

小明不知道现在是什么时间，但再过 1999 小时 2000 分 2001 秒，时针、分针、秒针正好重合在表盘的"12"上。你说现在是什么时间？

> 宁波。
>
> 柬埔寨。
>
> 一个人，其他人没说去。
>
> 扑克。
>
> 现在是 7 点 24 分 39 秒。
>
> 1999 小时，2000 分，2001 秒可写成 2032 小时 35 分 21 秒。如果开始计时是 12 点（即三针重合正对"12"），那么经过 2032 小时 35 分 21 秒后的时间应当是 4 点 35 分 21 秒。因此为满足题中的条件，开始的时间就是 12 点倒退 4 小时 35 分 21 秒，即 7 点 24 分 39 秒。

128 脑筋急转弯

小李说："我前面的人是小王。"小王说："我前面的人是小李。"怎么回事？

什么伤医院不能治？

什么门没有门扇？

世界上什么最大？

学 贯 古 今

我国最南的地方是哪里？

A. 南沙群岛的曾母暗沙　　　　　　　　B. 广西

> 很简单，他们面对面地站着。
>
> 伤脑筋。
>
> 球门。
>
> 眼皮。
>
> A。

129 脑筋急转弯

什么时候棉花比盐重？

保洁阿姨是什么人？

一个婚姻破碎的男人，桌上放着一把刀，请问他想干什么？

开 心 加 油 站

某年某月某日，班长 A 君在课堂上看《天龙八部》。正在 A 君被小说中英雄盖世的乔峰佩服的一塌糊涂的时候，A 君后面的 B 君轻拍 A 君的肩膀，一脸无奈地说道："班长，你别只顾看小说，你也不管一管，看班里乱成什么样了！"A 君一脸抱歉的样子，站起身来大吼一声："同学们别吵了，谁再吵我记谁的名！"这招果然奏效，同学们马上静了下来并诧异地看着 A 君。同桌忙悄声对 A 君说："喂！你干什么呀?！这是语文课，老师在让我们读课文呢！"次日，A 君被"革职"。

答案

浸了水。

女人。

准备学着做饭。

130 脑筋急转弯

小呆骑在大牛身上，为什么大牛不吃草？

北京王府井步行街上来往最多的是什么人？

你不是聋子，为什么我说话你听不到？

小试牛刀

大约在一千五百年前，大数学家孙子在《孙子算经》中记载了这样的一道题："今有雉兔同笼，上有三十五头，下有九十四足，问雉兔各几何？"这四句的意思就是：有若干只鸡和兔在同一个笼子里，从上面数，有三十五个头；从下面数，有九十四只脚。求笼中各有几只鸡和兔？你知道孙子是如何解答这个"鸡兔同笼"问题的吗？

大牛是人。

行人。

因为不在同一个地方。

孙子提出了大胆的设想。他假设砍去每只鸡、每只兔一半的脚，则每只鸡就变成了"独脚鸡"，而每只兔就变成了"双脚兔"。这样，"独脚鸡"和"双脚兔"的脚就由 94 只变成了 47 只；而每只"鸡"的头数与脚数之比变为 1：1，每只"兔"的头数与脚数之比变为 1：2。由此可知，有一只"双脚兔"，脚的数量就会比头的数量多 1。所以，"独脚鸡"和"双脚兔"的脚的数量与它们的头的数量之差，就是兔子的只数，即：47－35＝12（只）；鸡的数量就是：35－12＝23（只）。当然，这道题还可以用方程来解答。我们可以先设兔的只数（也就是头数）是 x，因为"鸡头＋兔头＝35"，所以"鸡头＝35－x"。由此可知，有 x 只兔，应该有 4x 只兔脚，而鸡的只数是 (35－x)，所以应该有 2×(35－x) 只鸡脚。现在已知鸡兔的脚总共是 94 只，因此，我们可以列出下面的关系式：4x＋2×(35－x)＝94 x＝12，于是可以算出鸡的只数是 35－12＝23（只）。

131 脑筋急转弯

什么手最大，打一成语？

什么票最危险？

何种动物最接近于人类？

猴子在树上摘菠萝，一分钟一个，十分钟摘多少个？

开心加油站

新生正在进行军训，指导员在布置任务："一班杀鸡，二班偷蛋，我去给你们做稀饭。"
"咦?"同学们很费解，怎么也没有搞明白。他在说什么？后来一个同学在看了指导员的动作
才明白。原来他说："一班射击，二班投弹，我去给你们做示范。"

答案

一手遮天。

绑票。

寄生在人身体上的寄生虫。

菠萝不长在树上 。

132 脑筋急转弯

小丁是一个诚实的人，为什么他在大街上捡了一个钱包而不上交？

为啥他的家在西方，而他却朝东走？

在什么时候更确定自己是中国人？

学 贯 古 今

跨纬度最多的省是哪个？

A. 浙江省   B. 辽宁省   C. 河南省   D. 海南省

因为钱包是他自己的。

他的公司在东边，他去上班。

外语考试的时候。

D。

133 脑筋急转弯

中国哪个地方的东西最不便宜？

飞得最高的是什么？

水为什么不能掉在盘上？

什么冰没水？

开 心 加 油 站

一个英语老师在课上问一个学生问题："How are you? 是什么意思?"那个学生想 How 是"怎么"的意思，are 是"是"的意思 you 是"你"的意思，就说"怎么是你?"老师很生气，又问另一个学生"How old are you? 是什么意思?"他说："怎么老是你?"

答案

贵州。

人，他们飞到过月球。

那是键盘。

干冰。

134 脑筋急转弯

为什么人们要到市场上去？

什么"海"没有边？

加热会凝固的东西是什么？

陈老太太得的并不是绝症，为什么医生却说她无药可救？

某个动物园中，有两只狮子趁管理员一时疏忽忘记把笼子上锁的机会逃出来，在公园内窜来窜去。人们一边避险，一边找管理员，而管理员却躲到一个更安全的地方。此地为何处？

小试牛刀

20 世纪著名数学家诺伯特·维纳，从小就智力超常，三岁时就能读写，十四岁时就大学毕业了。几年后，他又通过了博士论文答辩，成为美国哈佛大学的科学博士。

在博士学位的授予仪式上，执行主席看到一脸稚气的维纳，颇为惊讶，于是就当面询问他的年龄。维纳不愧为数学神童，他的回答十分巧妙："我今年岁数的立方是个四位数，岁数的四次方是个六位数，这两个数，刚好把十个数字 0、1、2、3、4、5、6、7、8、9 全都用上了，不重不漏。这意味着全体数字都向我俯首称臣，预祝我将来在数学领域里一定能干出一番惊天动地的大事业。"

维纳此言一出，四座皆惊，大家都被他的这道妙题深深地吸引住了。整个会场上的人，都在议论他的年龄问题。你知道他的年龄吗？

答案

因为市场不可能来。

苦海无边。

蛋。

她没钱买药。

关狮子的笼子里。

他 18 岁。其实这个问题不难解答，但是需要一点数字"灵感"。不难发现，21 的立方是四位数，而 22 的立方已经是五位数了，所以维纳的年龄最多是 21 岁；同样道理，18 的四次方是六位数，而 17 的四次方则是五位数了，所以维纳的年龄至少是 18 岁。这样，维纳的年龄只可能是 18、19、20、21 这四个数中的一个。

剩下的工作就是"筛选"了。20 的立方是 8000，有 3 个重复数字 0，不合题意。同理，19 的四次方等于 130321，21 的四次方等于 194481，都不合题意。最后只剩下一个 18，是不是正确答案呢？验算一下，18 的立方等于 5832，四次方等于 104976，恰好"不重不漏"地用完了十个阿拉伯数字，多么完美的组合！